Ogai Mori

Vita sexualis

tradução do japonês e notas
Fernando Garcia

Estação Liberdade

Título original: *Wita Sekusuarisu*

© Editora Estação Liberdade, 2014, para esta tradução

Preparação	Fábio Bonillo
Revisão	Huendel Viana
Imagem de capa	Pintura de Kitagawa Utamaro (1753?-1806)
	Acervo de The Metropolitan Museum of Art, Nova York
Ideogramas à p. 7	Hisae Sagara
Composição	Miguel Simon
Editor assistente	Fábio Fujita
Editores	Angel Bojadsen e Edilberto F. Verza

CIP-BRASIL. CATALOGAÇÃO NA PUBLICAÇÃO
SINDICATO NACIONAL DOS EDITORES DE LIVROS, RJ

M849v

    Mori, Ogai, 1862-1922
       Vita sexualis / Ogai Mori; tradução Fernando Garcia. - 1. ed. - São Paulo: Estação Liberdade, 2014.
       168 p.; 21 cm.

    Tradução de: Wita Sekusuarisu
    ISBN 978-85-7448-235-4

    1. Romance japonês. I. Garcia, Fernando. II. Título.

14-16067   CDD: 895.63
                      CDU: 821.521-3

17/09/2014   22/09/2014

Todos os direitos reservados à Editora Estação Liberdade. Nenhuma parte da obra pode ser reproduzida, adaptada, multiplicada ou divulgada de nenhuma forma (em particular por meios de reprografia ou processos digitais) sem autorização expressa da editora, e em virtude da legislação em vigor.

Esta publicação segue as normas do Acordo Ortográfico da Língua Portuguesa, Decreto nº 6.583, de 29 de setembro de 2008.

Editora Estação Liberdade Ltda.
Rua Dona Elisa, 116 | 01155-030 | São Paulo-SP
Tel.: (11) 3661 2881 | Fax: (11) 3825 4239
www.estacaoliberdade.com.br

キタ・セクスアリス

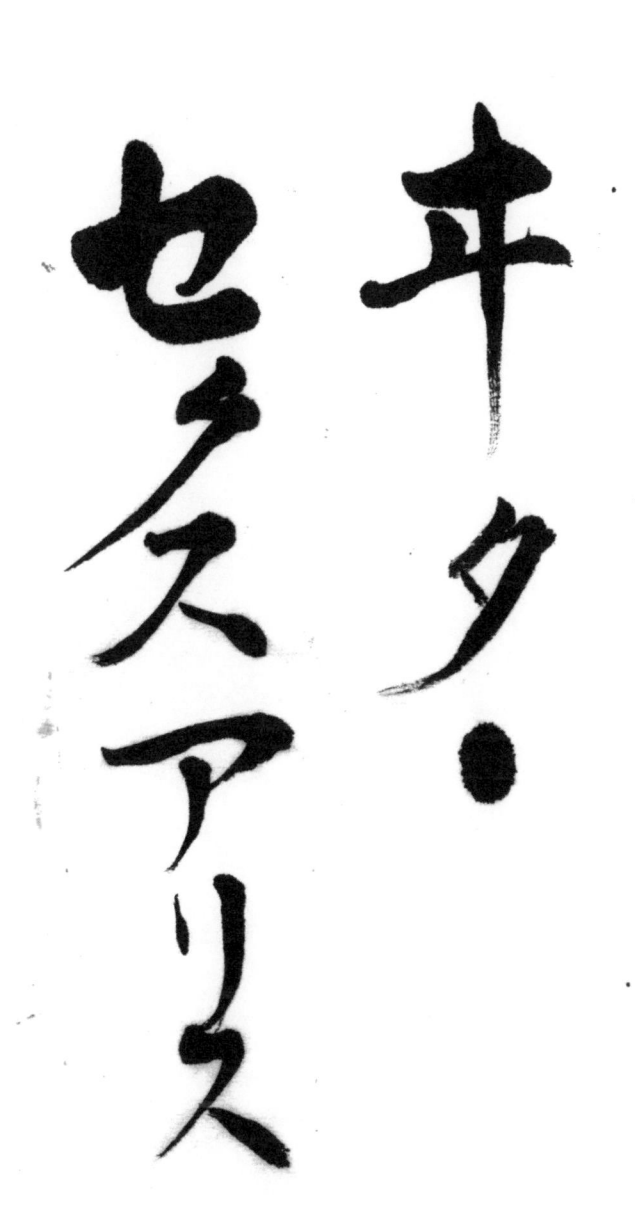

Shizuka Kanai[1] tem a filosofia por profissão.

Com o conceito de filósofo, vem a noção de que ele deve estar escrevendo alguma coisa. Pois Kanai, a despeito de ser filósofo por profissão, não está escrevendo coisa nenhuma. À época em que se graduou na Faculdade de Ciências Humanas, teria escrito algo, bastante esquisito, sobre uma pesquisa comparativa entre a filosofia Tirthika[2] e a filosofia grega pré-socrática. Desde então, não escreve patavina.

Se digo que é sua profissão, no entanto, é porque ele leciona sobre isso. Assumindo o curso de História da Filosofia, dá aulas sobre a história da filosofia moderna. De acordo com a avaliação dos alunos, as aulas

---

1. Considerando o caráter autobiográfico da obra, acredita-se que o nome "Shizuka" tenha sido inspirado pelo outro pseudônimo de Ogai Mori, "Takayasu". A mesma personagem também é citada na peça de teatro *Kamen* [Máscara] e no conto "Masui" [Sono encantado].
2. Termo sânscrito utilizado para se referir aos seguidores de filosofias e religiões não budistas.

do professor Kanai são mais interessantes do que as dos professores que escrevem montanhas de livros. Suas aulas são intuitivas, e há ocasiões em que ele lança um intenso raio de luz sobre algum tópico. Nesses momentos, os alunos recebem dele uma impressão indelével. Em particular são muitas as vezes em que, trazendo ele exemplos de relação distante ou totalmente desconexos para explicar algo, seus ouvintes compreendem tudo surpresos. Dizem que Schopenhauer guardava em um bloco de anotações assuntos cotidianos diversos que sacava dos jornais, e depois os transformava em material para sua própria filosofia; Kanai, no entanto, transforma qualquer coisa que seja em material para História da Filosofia. Não raro se espantam os estudantes por, em meio a uma aula séria, ele citar algum romance do momento entre os jovens, a fim de elucidar certo tópico.

Romances, ele os lê aos montes. Quando lê jornais ou revistas, nem sequer vê as colunas, mas vai direto para os romances. Se os escritores soubessem o que ele pensa ao lê-los, todavia, decerto quedar-se-iam indignados. Não lê romances como se fossem obras de arte. Visto que o nível de exigência de Kanai para com as obras de arte é extremamente alto, os romances que por aí encontra não bastam para satisfazê-lo. Para Kanai, o interessante é saber em que espécie de estado psicológico se encontram os autores ao escreverem. É por isso que, para ele, textos que os escritores produzem com a intenção de exprimir tristeza ou tragédia podem parecer sobremaneira cômicos, enquanto os textos que têm a intenção de serem cômicos por vezes lhe parecem tristes.

Kanai também volta e meia pensa que gostaria de escrever algo. Embora seja filósofo por profissão, posto que não pretende estabelecer sua própria escola filosófica, não lhe dá ganas de escrever sobre filosofia. Antes, imagina que gostaria de escrever um romance ou um roteiro para teatro. Entretanto, graças à sua já mencionada alta exigência para com as obras de arte, não lhe é fácil lançar-se à tarefa.

Após algum tempo, quem lançou um romance foi Kinnosuke Natsume.[3] Kanai o leu com extremo interesse. Sentiu comichões, querendo mostrar a própria habilidade. Após o *Eu sou um gato* de Natsume, no entanto, saiu um *Eu também sou um gato*. Saiu até um *Eu sou um cachorro*. Ao ver isso, Kanai enfim se aborreceu e acabou não escrevendo nada.

Após outro intervalo, começou esse tal de naturalismo. Quando Kanai viu as obras dessa escola literária, não sentiu nenhuma comichão em especial. Não obstante, achar curioso, isso ele achou, e muito.

---

3. Nome real do escritor Natsume Soseki. Seu primeiro romance, *Eu sou um gato* (trad. Jefferson José Teixeira, São Paulo, Estação Liberdade, 2008), fora publicado entre 1905 e 1906. À época em que *Vita sexualis* foi lançado (1909), Soseki já estava escrevendo seu oitavo romance, *E depois* (trad. Lica Hashimoto, São Paulo, Estação Liberdade, 2011).

Ao mesmo tempo que achou aquilo curioso, também pensou em algo fora do comum.

Cada vez que Kanai lia um romance da escola naturalista, vendo que, durante toda e qualquer ação e a todo ínfimo momento os personagens de tais obras eram confrontados a alguma imagem lasciva, e vendo ainda que os críticos reconheciam esses personagens como retratos da vida real, ele pensava se a vida real seria de fato assim, ao mesmo tempo duvidando se, devido a sua indiferença sexual, não estaria ele submetido a um estado psicológico distante do indivíduo comum — em particular, ponderava se não carregaria desde o nascimento essa anormal inclinação denominada *frigiditas sexualis*. Tais considerações não deixaram de lhe ocorrer também quando leu, por exemplo, os romances de Zola. Assim pensou ante um livro chamado *Germinal* ou algo similar, quando, estando o autor a descrever como os trabalhadores do vilarejo haviam chegado ao cúmulo do sofrimento, faz uma pausa para espiar um casal de amantes em um encontro às escondidas; a dúvida de Kanai nesse momento, contudo, surgiu não por a cena parecer inverossímil, mas sim por o escritor haver inserido um episódio que parecia de todo gratuito. É presumível que um evento assim pudesse vir a ocorrer — a dúvida de Kanai se resumiu antes ao porquê de Zola tê-lo escrito. Enfim, pensou somente se não haveria algo de estranho com a imagem sexual desse escritor. É possível que indivíduos tais como romancistas ou poetas tenham mesmo uma imagem lasciva fora do corriqueiro. Esse problema se relaciona com a "questão do gênio" pregada pelo tal de Lombroso.[4] Aí estão as raízes também para Möbius e sua escola teorizarem que poetas e filósofos de fama são, de certo modo, pacientes mentais. Entretanto, a corrente naturalista que surgiu no Japão nos últimos tempos é diferente. Um grande número de escritores aparece de um só tempo para escrever sobre a mesma coisa. E os críticos reconhecem que as obras são a vida real. Essa vida real, por exibir cada uma de suas imagens envolta por tons de lascívia, conforme avaliaram os psiquiatras, desde há algum tempo vem intrigando Kanai de modo cada vez mais profundo.

Houve depois o caso do Debakame. Um trabalhador a quem chamavam de Debakame tinha o costume de espiar as mulheres no banho público e, certa vez, acabou seguindo uma que saía da casa de banho e a violentou. Um acontecimento comum ao extremo, que poderia ocorrer em qualquer país. Fosse nos jornais do Ocidente, não daria mais que um artigo de duas ou três linhas num canto de página. Aqui, por um período, isso configurou-se como o maior assunto das pessoas. Conseguem estabelecer relação com

---

4. Cesare Lombroso (1836-1909), médico italiano conhecido por sua teoria da criminologia antropológica. Em sua obra *L'uomo di Genio*, discute as semelhanças entre gênios e pacientes mentais, afirmando que as duas condições compartilhariam das mesmas raízes.

o chamado naturalismo. Aqui é até possível criar o *debakameísmo*, uma vertente do naturalismo. O verbo *debar* se inventa e fica na moda. Kanai não pôde mais deixar de duvidar que, a não ser que todas as gentes tenham se tornado maníacas por sexo, só ele era diferente das demais pessoas.

Foi por essa mesma época que, certo dia, Kanai viu que um de seus alunos trazia consigo um pequeno livro de Jerusalem[5] intitulado *Introdução à filosofia*. Ao término da aula, experimentou tomá-lo na mão e perguntar ao estudante que espécie de livro era. Seu aluno disse:

— É que tinha acabado de chegar à livraria Nankoodoo, então comprei achando que podia servir como referência. Ainda não li, mas se o senhor quiser ver, pode levar.

Kanai voltou para casa com o livro emprestado e, dispondo por coincidência de algum tempo livre, começou a lê-lo na mesma noite. À medida que foi lendo, chegou a um trecho que discursava sobre estética, o qual o espantou sobremaneira. Estava escrito ali o seguinte: toda arte é *Liebeswerbung*. É uma tentativa de persuasão. É demonstrar ao público um desejo sexual, defende o livro. Sob esse ponto de vista, tal como se o sangue da menstruação pudesse se atrapalhar e

---

5. Wilhelm Jerusalem (1854-1923), filósofo austríaco. A obra aqui referida é *Einleitung in die Philosophie* (1919-1923), a qual o próprio Ogai resumiu em uma coletânea de textos, *Shintogo* [A linguagem da mente].

sair pelo nariz, teríamos que o desejo sexual poderia se transformar em telas, em esculturas, em música, em romances e em roteiros. Ao mesmo tempo que se espantou, Kanai pensou: esse sujeito é mesmo um estrambótico. Se fosse para ser assim estrambótico, no entanto, por que não haveria ele expandido um pouco mais sua teoria e afirmado que tudo o que ocorre na vida não é senão uma demonstração de nosso desejo sexual? Se fosse capaz de fazer uma teoria como essa, poderia pela mesma linha de raciocínio propor que tudo é demonstração desse desejo. Não há nada mais fácil que explicar religião como se fosse um desejo sexual. É comum alguém dizer que está casado com Cristo. Entre as freiras louvadas como santas, muitas são as que, na prática, estavam apenas demonstrando seu desejo sexual na direção do *perverse*. E, entre aqueles que se tornaram mártires, há tanto *sadists* quanto *masochists*. Colocando-se as lentes da lascívia, veremos que a força-motriz por trás de toda a ação humana reside tão somente no desejo sexual. Pode-se aplicar o *cherchez la femme* a toda sociedade humana. Kanai refletiu que, fosse analisar por esse ângulo, ele possivelmente não poderia se esquivar do fato de que estava enfim alienado do resto dos homens.

Foi então que aquele desejo antigo seu de escrever algo principiou a deslocar-se para uma direção inusitada. Kanai pensou o seguinte: parecia-lhe assaz escassa a bibliografia digna de citação versando sobre a ordem de eventos que leva ao surgimento do desejo sexual na vida dos homens, bem como sobre de que modo tal desejo se relaciona de fato com nossas vidas. Assim como na arte há telas obscenas, *pornographie* também há em qualquer país. Há ainda livros indecorosos. Mas esses não são trabalhos sérios. Toda poesia tem em seus domínios a escrita sobre o amor. Todavia, o amor, ainda que tenha porventura uma relação intrínseca com o desejo sexual, não é sinônimo desse desejo. Nos autos de tribunais ou nos escritos de médicos encontra-se boa quantidade de materiais. Muitos desses, no entanto, são apenas distorções do desejo sexual. As *Confissões* de Rousseau foram escritas com desembaraço, descrevendo tudo sem pudores. Quando Rousseau esquecia as lições em seus tempos de criança, a filha do pastor o agarrava e lhe dava palmadas nas nádegas. Como isso lhe proporcionasse um prazer indescritível, adrede fazia de conta não saber o que de fato sabia, dizendo coisas erradas, para que lhe batesse a mulher. Contudo, ela acabou por descobrir o gosto do menino e não mais lhe deu as surras — está escrito também no livro. Isso não é de modo nenhum um primeiro amor, mas sim a primeira manifestação do desejo sexual. Em adição a esse evento, nos relatos de seus tempos de adolescente, do mesmo modo aparece a lascívia aqui e ali. Por não se tratar de um texto escrito com o desejo sexual como tema, todavia, não é suficiente. Casanova foi um homem que, pode-se bem dizer, sacrificou a vida em nome do desejo sexual. As memórias que escreveu constituem uma obra esplendorosa, cujo conteúdo está dominado de cabo a rabo pela lascívia, sem nenhum espaço que pudesse ser confundido com amor. Entretanto, da mesma maneira como é difícil tomar a autobiografia de Napoleão como material para estudo da busca pela glória, posto que sua sede por notoriedade supera em elevado grau a da pessoa comum, é difícil tomar o que escreveu Casanova como material para estudo do desejo sexual, uma vez que ele é o apogeu do mundo lascivo. Por analogia, nem o Colosso de Rodes nem o Grande Buda de Nara são objetos adequados para se estudar a anatomia do ser humano. "Embora eu esteja pensando em escrever algo, não quero pisar nos rastros daqueles que vieram antes, por exemplo. É possível que seja propício experimentar escrever algo sobre a história do meu próprio desejo sexual. Na verdade, eu tampouco havia pensado alguma vez a fundo sobre como meu desejo sexual aflorou, ou como se desenvolveu. Poderia pensar sobre isso e escrever. Depois de escrever com clareza, o preto sobre o branco, decerto eu próprio irei enfim entender-me. E assim quiçá venha a descobrir se minha vida lasciva é *normal* ou *anomalous*. É evidente que, enquanto não começar a escrever, não posso saber qual será o resultado. Por consequência, não tenho como saber se será algo que poderei mostrar às demais pessoas, que poderei revelar ao público. De qualquer modo, vou tentar escrever pouco a pouco, nas horas vagas", foi mais ou menos o que pensou.

Então chegou-lhe uma correspondência da Alemanha. Era da mesma livraria que sempre lhe enviava livros. O pacote incluía o relatório de alguma conferência realizada para discutir a questão da educação lasciva. É verdade que "lasciva" não soa bem. *Sexual education* é educação sexual, mesmo. E não lasciva. Contudo, há uma amplitude maior de significados para a palavra "sexual", e portanto, ainda que a contragosto, deve-se trocá-la desde já por "lasciva". Enfim, a questão proposta era definir se, dentro do âmbito da educação, se fazia necessário incluir também a educação lasciva e, caso se decidisse que ela seria de fato necessária, saber se seria então realizável. O relatório era fruto de um encontro em que se reuniram *authorities* de campos diferentes — um pedagogo, um teólogo e um médico — para confrontarem suas opiniões. Conquanto a linha de raciocínio de cada um dos três diferisse, todos chegaram à mesma resposta de que sim, era necessário haver educação lasciva, e que sim, tal educação seria factível. Um opinou que seria melhor realizá-la em casa. Outro, que seria melhor realizá-la na escola. De qualquer forma, era certo que era bom, e possível, realizá-la. Quanto à época das lições, é evidente que deveria ser depois que o indivíduo já se entendesse por gente. Embora mesmo em nosso país haja essa história de mostrar gravuras antes do casamento[6], seria preciso antecipar ainda um pouco mais. Antecipar, pois, enquanto se vai aguardando até imediatamente antes do casamento, os equívocos já podem começar a surgir. Quanto à conversa em si, dizem que deveria começar por seres vivos inferiores e gradualmente chegar ao ser humano. Ainda que sugiram falar, a princípio, de formas de vida inferiores, dizem que não basta falar de estames e pistilos na reprodução vegetal, para só depois explicar os animais à mesma maneira, e enfim os homens à mesma maneira, porque isso não serve para nada. Faz-se mister explicar a vida lasciva do homem de forma detalhada.

Kanai leu o relatório e quedou-se a pensar por um tempo, de braços cruzados. Seu primogênito estaria se graduando esse ano no ensino médio.[7] Caso ele precisasse ensinar ao próprio filho, pensou em como seria melhor fazê-lo. Refletiu que era algo extremamente complicado. Quanto mais tentasse pensar no assunto de maneira concreta, menos lhe vinham as palavras. Voltando as ideias então para a história de sua própria vida lasciva sobre a qual havia cogitado escrever, Kanai sentiu que havia encontrado a solução

---
6. Era comum que antes de os filhos (ou filhas) se casarem os pais lhes mostrassem ou lhes dessem de presente gravuras para educá-los sobre o ato sexual.
7. O filho primogênito de Ogai, Oto, concluiu o ensino médio no mês seguinte à publicação desta obra.

para o problema. Experimentaria escrever para ver qual seria o resultado. Antes de indagar-se se virá a ser algo que se possa mostrar para as demais pessoas, ou que se possa revelar para o público, terá de pensar se poderá mostrar o texto para seu próprio filho. Com esses pensamentos, Kanai tomou da pena.

*   *   *

Eu tinha então seis[8] anos.

Eu vivia no castelo de um pequeno daimiô da região central do Japão.[9] Com a reforma geográfica[10], a sede do governo da província foi transferida para a região vizinha, e o castelo rapidamente se tornou solitário.

Meu pai fora para Tóquio juntamente com seu senhor. Mamãe me disse:

— Shizuka, você já está bem grandinho, e é bom ir aprendendo as coisas pouco a pouco antes de entrar

---

8. A idade é calculada pela forma de contagem tradicional japonesa. Considera-se que a criança já nasce com um ano de idade, e ganha um ano a cada Ano-Novo. Pela contagem usual, a idade do protagonista aqui provavelmente seria de cinco anos, e não seis. De acordo com os eventos citados neste trecho, pode-se inferir que a época é a primavera de 1872, quando o próprio Ogai teria completado onze anos (pela mesma contagem).
9. Ogai nasceu no dia 17 de janeiro de 1862, filho primogênito de Seitai Mori e Mineko Mori, e viveu a infância em Tsuwano, na então província de Iwami, no vilarejo ao redor do castelo do senhor feudal Kamei, ao qual seu pai servia como médico oficial.
10. Em 1871, o governo Meiji executou uma reforma geográfica para extinguir os feudos herdados do antigo xogunato e redemarcar o país em províncias. O feudo de Tsuwano, onde morava Ogai, foi então anexado à província vizinha de Hamada, e teve sua sede de governo transferida para lá.

para a escola — e com isso todas as manhãs me ensinava as letras, pondo-me a ler e escrever.

Embora à época dos feudos meu pai servisse apenas como *kachi*[11], ao menos vivíamos em terreno com portão e cercado por muro de barro. À frente do portão havia uma vala, e na margem oposta desta o depósito do patrão de meu pai.

Certo dia, após terminar as lições, enquanto mamãe tecia algo no tear, eu corri para fora deixando apenas o eco de minha voz:

— Vou brincar!

Como nas redondezas só havia as casas dos samurais, mesmo na primavera não se encontravam ali nem salgueiros nem cerejeiras. Do alto das muradas se deixavam ver flores escarlates de camélia, bem como brotos verde-claros de laranjas trifoliadas despontando ao lado do celeiro — mas nada mais.

No lado oeste havia um terreno aberto. Em meio às telhas de argila espalhadas por ali, desabrochavam flores de ervilhacas-chinesas e de violetas. Comecei a apanhar ervilhacas. Enquanto as apanhava, lembrei-me de como no dia anterior o filho do vizinho havia me dito: "É estranho para um homem ficar apanhando flores", e de pronto olhei ao redor, livrando-me delas em seguida. Por sorte não havia ninguém. Mantive-

---

11. Vassalo de baixa classe do daimiô encarregado de fazer a guarda a pé quando seu senhor saía do castelo. Em contraste, o pai de Ogai era médico oficial do daimiô, um cargo de muito mais importância.

-me ali parado, absorto. Era um dia esplêndido de céu claro. Podia ouvir o som do tear de mamãe vindo de dentro de casa: *guii-ton, guii-ton*.

Do outro lado do terreno aberto havia a casa dos Oharas. O senhor Ohara era falecido, morando ali sua viúva, que tinha uns quarenta anos. De súbito tive vontade de ir até aquela casa, e me meti pela porta dos fundos.

Abandonei minhas sandálias de dedo de qualquer jeito, abri com ímpeto a porta corrediça e saltei para dentro, onde encontrei a tia lendo um livro junto a uma moça que eu não sabia de onde era. A moça estava com roupas todas vermelhas, e prendia o cabelo num coque baixo.[12] Apesar de criança, pude imaginar que ela talvez fosse da cidade. Tanto a tia quanto a moça ergueram o olhar com grande espanto para me fitar o rosto. Ambas tinham a face rubra. Apesar de criança, compreendi que a aparência das duas não era normal, e achei esquisito. Observei que o livro que tinham aberto trazia muitas cores bonitas.

— Tia, que livro de desenhos é esse?

Fui sem hesitar para o lado delas. A moça virou o livro para baixo, olhou para a tia e riu. A capa do livro também era muito colorida; reparei ser o desenho de um grande rosto de mulher.

A tia tomou o livro que a moça havia virado para baixo, abriu-o frente a mim e apontou para algo que havia no desenho, dizendo:

---

[12]. Penteado bastante volumoso, usado à época por moças solteiras.

— Veja, Shizu. O que você acha que é isto aqui?

A moça riu ainda mais alto. Eu experimentei olhar, mas, como os desenhos daquelas figuras humanas eram muito complicados, não entendi nada muito bem.

— Será um pé?

Dessa vez a tia também gargalhou junto com a moça. Parece que não era um pé. Tive a forte sensação de que estavam me insultando.

— Tia, até a próxima.

Sem sequer dar ouvidos à tia, que me dizia para esperar, saí correndo pela porta.

Eu não possuía então o conhecimento necessário para julgar o que eram os desenhos que as duas estavam observando. Mas senti que o tom de suas vozes era bastante esquisito e desagradável. Ademais, embora não soubesse bem o motivo, hesitei em perguntar à minha mãe sobre esse evento.

***

Fiz sete anos.

Papai havia voltado de Tóquio. Passei a frequentar a nova escola que surgiu após o fim do colégio feudal. Para ir de casa até a escola, era preciso passar pela entrada principal do castelo, que se encontrava no canto oeste da vala que havia em frente ao nosso portão. A casa de guarida da entrada continuava ali tal como antes do fim do xogunato, e nela ainda morava um senhor de uns cinquenta anos de idade. Vivia com a esposa e o filho. Este era um rapazinho da mesma idade que eu, de roupas esfarrapadas, sempre com dois filetes de muco a lhe escorrerem do nariz. Esse menino, toda vez que eu passava por ali, apenas se mantinha de braços cruzados, lançando-me um olhar de inveja. A cada passagem eu sempre o mirava de volta com rancor, e um bocado de medo.

Certo dia, quando cruzava pela entrada do castelo, não vi o mesmo menino que sempre estivera parado ali por costume. Pensando no que poderia ter acontecido com ele, segui em meu caminho para atravessar o lugar. Nisso, de dentro da casa de guarida veio a voz do senhor que nela morava:

— Ei! Eu já não disse que não se deve fazer arte com isso?!

Estaquei sem pensar e olhei para a direção de onde vinha a voz. O tio estava sentado no chão empunhando sandálias de palha com tiras. Ele estava praguejando contra o filho, que havia tentado usurpar do pai o martelo para bater palha. O menino largou o martelo e olhou em minha direção. O tio também olhou para mim. Tinha o rosto com rugas castanho-claras, um nariz torto e elevado e as faces magras. Os olhos eram grandes e agudos, podendo-se ver tons vermelhos ou amarelos no branco de cada um. Ele me disse o seguinte:

— Ei, gurizinho! Você sabe o que o seu papai e a sua

mamãe fazem à noite? Você é de dormir até tarde, né, então nem deve saber. Ahahahaha.

A cara do tio rindo era realmente assustadora. Seu filho também o acompanhou e riu contorcendo o rosto.

Sem nada responder, passei por eles como se estivesse fugindo. Atrás de mim o homem e o menino ainda continuavam a dar risadas.

Ao longo do caminho pensei no que tinha me dito aquele senhor. Eu já sabia que, quando um homem e uma mulher formavam um casal, acabavam tendo uma criança. Mas eu não sabia como faziam essa criança. Tive a impressão de que o que dizia o homem tinha alguma relação com isso. Parecia haver aí algum segredo oculto, foi mais ou menos o que pensei. Embora sentisse que queria desvendar esse segredo, por outro lado não queria fazer como sugerira aquele senhor, acordando no meio da noite para vigiar meu pai e minha mãe. As palavras do homem, mesmo para um coração de criança, soavam como algo sujo, como *profanation*. Senti como se me houvessem dito para adentrar de pés descalços algum santuário sagrado. E odiei profundamente o homem que me proferira tais palavras.

Pensamentos assim passaram a me ocorrer toda vez que eu transitava pela entrada do castelo. Todavia, como a mente de uma criança é constantemente atingida de todos os lados por novos fatos, quase sem trégua, não é possível também continuar a pensar por muito tempo na mesma coisa. Todo dia, na hora de voltar para casa, já havia em grande parte esquecido o que pensara mais cedo.

* * *

Fiz dez anos.

Papai passou a me ensinar inglês pouco a pouco.[13]

Vez por outra ouvia conversas de que talvez acabássemos nos mudando para Tóquio. Eu apurava os ouvidos quando havia tais especulações, e mamãe me dizia: "Não comente isso com ninguém!" Já meu pai dizia que, caso fôssemos para Tóquio, não poderíamos levar nada que não fosse estritamente necessário, e por isso seria preciso escolher bem a bagagem — motivo pelo qual passava bastante tempo no depósito a fazer algo qualquer. Na parte de baixo do depósito estava guardado o arroz, enquanto no segundo piso havia baús e não sei mais o quê. Quanto ao trabalho que papai fazia lá dentro, bastava chegar uma visita que ele logo parava tudo.

Ponderando por que haveria de ser mau contar aos outros, experimentei perguntar a mamãe. Disse-me

---

13. A primeira língua estrangeira que Ogai estudou foi holandês, também ensinada por seu pai. É curioso pensar que, como a personagem fictícia é seis anos mais nova que o autor, seria natural que a primeira língua que tenha aprendido fosse o inglês, pois esta era a nova língua mais popular após a queda do xogunato.

ela que, como todos queriam ir para Tóquio, não era bom falar para as pessoas.

Certo dia, quando meu pai não estava, resolvi ir ao segundo piso do depósito. Havia um baú com a tampa aberta. Dentro dele havia muitas coisas bagunçadas. A caixa para guardar armadura, que estava sempre a enfeitar a alcova quando eu era ainda menor, agora por algum motivo se encontrava bem no centro do segundo piso. Armaduras eram objetos que já existiam havia uns cinco anos, desde a época da Segunda Expedição de Choshu, mas que perderam completamente a credibilidade.[14] Era bem possível que papai houvesse retirado a caixa que já estava desde sempre no depósito e ali a colocado com o objetivo de repassá-la a alguma loja de antiguidades.

Abri a caixa sem nenhum intento em particular. Sobre a armadura, encontrei um livro. Ao abri-lo, deparei com uma ilustração lindamente colorida. O homem e a mulher da ilustração contorciam-se em uma pose esquisita. Imaginei ser o mesmo tipo de livro que havia visto outra vez na casa da tia Ohara, quando era mais novo. Todavia, como já havia ganhado bastante mais conhecimento desde aquela vez em que me

---

14. A Segunda Expedição de Choshu foi uma expedição do xogum Tokugawa à região de Choshu para suprimir forças rebeldes, realizada em 1866. A campanha foi um fracasso, pois as tropas de Choshu já possuíam armamentos avançados, como rifles, que perfuraram as armaduras samurais do exército do xogunato.

fora mostrado tal livro, dessa vez pude compreendê-lo bem. Dizem que as figuras humanas dos murais de Michelangelo foram pintadas com uma perspectiva audaz; já as de ilustrações como essa, por assumirem posturas deveras improváveis, não surpreendentemente oferecem dificuldade a uma criança pequena que tenta discernir onde estão as mãos ou onde estão os pés. Dessa vez, contudo, entendi bem tanto mãos quanto pés. E refleti que era esse o segredo que desde antigamente eu queria desvendar.

Achando aquilo interessante, segui vendo uma ilustração atrás da outra. Preciso fazer aqui uma ressalva, entretanto. Àquela época eu não fazia a menor ideia de que esse comportamento humano possuía relação também com o desejo humano. Schopenhauer dissera o seguinte: não é com a percepção clara que as pessoas tencionam gerar filhos. Não se propõem à propagação de sua linhagem. É a natureza que associa a tal feito o prazer. Que o deseja. Esse prazer, esse desejo, é um ardil, uma isca da natureza para fazer com que as pessoas tencionem propagar sua linhagem. Somente os seres inferiores não comprometem sua linhagem ainda que não se lhes ofereça essa isca. Somente os seres que não possuem a percepção clara, diz o filósofo. Que o comportamento das pessoas daquela ilustração era induzido por tal isca, isso eu não compreendia minimamente. Continuei vendo, interessado, uma ilustração atrás da outra, mas meu interesse se resumia apenas em vir a conhecer algo que antes eu não conhecia. Não passava de *Neugierde*. Não passava de *Wissbegierde*. Eu fitava as ilustrações com olhos completamente distintos dos da moça de penteado *shimada* a quem tia Ohara no passado mostrara um livro similar.

Pois bem, enquanto eu me quedava ali a olhar o livro, ocorreu-me uma dúvida. Havia certa parte do corpo desenhada de modo estupidamente grande. Não era por acaso que, quando ainda menor, eu havia pensado que aquilo era um pé, quando na verdade não era. Imagens como essa existem em qualquer país, mas desenhar certa parte do corpo grande assim, creio que não se faz em nenhum outro lugar do mundo. Isso é uma invenção dos artistas de *ukiyo-e*[15] japoneses. Os artistas da Grécia Antiga, para criar figuras divinas, ampliavam a fronte e reduziam a parte de baixo do rosto. Realçavam a fronte pois se acreditava que esta era o templo da alma. Já a parte mais baixa do rosto, que contém a boca, com as mandíbulas e os dentes usados para a mastigação, por ser vulgar, faziam-na menor. Quanto mais se faz a parte de baixo maior, mais a imagem se parece com um macaco. O ângulo de Camper[16] diminui cada vez

---

15. "Imagens do mundo flutuante", estilo de xilogravura japonesa produzido a partir do século XVII, que além de retratar a zona do meretrício, os teatros, os costumes populares e a vida urbana em geral, incluía ainda temas eróticos.
16. Petrus Camper (1722-1789), médico neerlandês; propôs que quanto maior o ângulo formado entre uma linha imaginária ligando as narinas ao pé de um dos ouvidos e outra ligando o maxilar superior com o ponto mais protuberante da testa, mais esteticamente aceitável seria o rosto da pessoa de acordo com as tradições greco-romanas.

mais. Também se fazia o peito maior em relação ao abdome. É desnecessária qualquer explicação sobre o fato de que o abdome possui relação similar com mandíbulas e dentes. Respirar é uma ação mais nobre que comer e beber. Ademais, sendo mais minucioso, para as pessoas de antigamente o coração não era responsável pelo fluxo sanguíneo, mas sim pela atividade mental. E foi a mesma lógica de tornar fronte e peito maiores que os artistas de *ukiyo-e* japoneses, ao desenharem ilustrações como essa, utilizaram para fazer maior certa parte do corpo. À época, tampouco eu sabia disso.

Há um livro indecoroso e ultrajante escrito por um chinês, intitulado *Colchão de carne*.[17] Para piorar, sendo o escritor chinês, fez questão de inserir à força no enredo exemplos de causa e consequência do bem e do mal. É um livro deveras estúpido. Nele está escrito que Osei Mi, o protagonista, por ter pequena certa parte de seu corpo, andava bisbilhotando as outras pessoas enquanto urinavam. Eu também, àquela época, procurei espiar os outros quando paravam para urinar à beira do caminho. Como não havia então banheiros públicos nem sequer na cidade junto ao castelo, qualquer um se aliviava mesmo na beira do caminho. Por terem todos aquela parte pequena, julguei que o que

---

17. No original, *Nikubuton* (em chinês, *Ròupútuán*), romance de humor erótico do século XVII, cuja autoria é atribuída ao escritor Li Yu. A expressão "colchão de carne" é usada como figura de linguagem para designar uma parceira sexual.

a ilustração mostrava era uma mentira, e senti que havia feito com isso grande descoberta.

Segue agora uma observação que fiz do mundo real depois de ter visto aquelas ilustrações. Esta observação é um tanto difícil de confessar, mas forço-me a escrever, em nome da verdade. Eu nunca havia visto aquela certa parte do corpo de uma mulher. Naqueles tempos não havia casas de banho ou nada parecido na cidade. Ainda que eu tomasse banho em casa, ou na casa dos outros quando ia visitar algum parente, quem ficava desnudo era somente eu, enquanto a pessoa que me banhava continuava vestida. Mulheres tampouco urinavam na rua. Eu não suportava essa situação.

Na escola, as meninas eram ensinadas em uma classe à parte, nunca havendo chance de brincar com elas. E, ainda que eu tentasse falar com alguma, logo meus amigos caçoavam de mim. Amigas, eu também não tinha nenhuma. Ainda que alguns de meus parentes tivessem filhas, se vinham de visita era para algum festival ou serviço funerário, e nessas ocasiões as meninas vinham maquiadas e com seu melhor quimono, comiam algo em silêncio e logo voltavam para casa. Não havia como ganhar intimidade. Bem, nos fundos de nossa casa morava um homem a quem chamavam de "nanico"[18], ainda na época do xoguna-

---

18. O termo não se refere à estatura do homem. Durante o período Edo, chamavam de "nanicos" os vassalos de mais baixa categoria do daimiô.

to, e ocorre que ele tinha uma filha mais ou menos da mesma idade que eu. Chamava-se Katsu. Vez por outra vinha até minha casa brincar, com o cabelo preso em um pequeno penteado em forma de borboleta. Era uma criança de tez branca e bochechas salientes, extremamente sincera de caráter. Essa menina, pobrezinha, tornou-se o alvo de meus experimentos.

Foi após estiarem as chuvas de início de verão. Mamãe trabalhava no tear como de costume. Era passado o meio-dia de uma tarde de mormaço, e a senhora que vinha até nossa casa para o trabalho de costura, e que havia pouco ajudara com os afazeres na cozinha, agora tirava a sesta. Apenas o som da lançadeira[19] de mamãe atravessava sorrateiramente a casa.

Em frente ao depósito no pátio dos fundos, eu brincava de fazer voar uma libélula atando um fio à sua cauda. Uma cigarra veio a uma árvore de extremosa repleta de flores para começar a cantar. Fui espiar, mas não podia apanhá-la, pois estava em local muito alto. Nisso chegou Katsu. Como os de sua casa também estavam tirando a sesta, ela se sentira solitária e veio para a rua.

— Ei, vamos brincar!

Isso foi sua saudação. De pronto veio-me uma ideia à cabeça.

---

19. Ogai aqui usa erroneamente o ideograma de "lançadeira" para se referir ao pente do tear.

— Vamos. Vamos brincar de saltar daquela varanda.

Dizendo assim, descalcei as sandálias de dedo e subi na varanda. Katsu veio junto, removendo suas sandálias soladas de tiras vermelhas e subindo comigo. Saltei primeiro de pés descalços sobre os liquens do jardim. Katsu também saltou. Subi novamente na varanda, e dessa vez arregacei a barra do quimono.

— Para brincar assim, o quimono só atrapalha.

Saltei com ímpeto. Vi que Katsu, no entanto, não se decidia por fazer o mesmo.

— Ei! Pule você também.

Conquanto Katsu por algum tempo mantivesse uma expressão de quem não sabia o que fazer, enfim ela também arregaçou o quimono e saltou. Observei com os olhos esbugalhados, mas suas duas pernas brancas simplesmente continuavam até a barriga também branca, sem nada entre elas. Decepcionei-me sobremaneira. Mas, se pensarmos nos cavalheiros que também se decepcionam ao espiar com um *opera glass* o entrepernas das dançarinas de *ballet*, não há de se achar nisso pecado.

* * *

Foi no outono do mesmo ano.

Em minha região era grande o alvoroço para o festival do Bon-Odori. Ao se aproximar o dia de Finados do calendário lunar, todavia, correram boatos de que nesse ano as danças seriam proibidas.[20] Contudo, o governador da província, que era para nós um forasteiro, acabou fazendo vista grossa às danças, pois temia ir contra o povo da região.

Nossa casa estava a uns duzentos ou trezentos metros da avenida. Ali armaram um palco para o festival, de modo que, ao anoitecer, podíamos ouvir de nossa casa o acompanhamento musical das danças.

Ao perguntar para mamãe se podia ir ver as apresentações, ela me respondeu que sim, podia, contanto que voltasse cedo. Calcei então minhas sandálias de dedo e saí correndo.

Até então, eu já havia ido algumas vezes ver as danças. Quando ainda pequenino, era minha mãe quem me acompanhava para me mostrar o festival. Os dançarinos a princípio eram pessoas da cidade, mas, por cobrirem todos o rosto com capuzes, havia também um bom bocado de filhos de vassalos que se misturavam à algazarra. Havia ainda homens que se vestiam de mulher. Ou mulheres transvestidas de homem. Quem não usava capuz tinha na cabeça máscaras de papel. Era como o Carneval[21] do Ocidente: embora sejam diferentes as estações, pois este acontece em

---

20. No primeiro ano da restauração Meiji (1868), estudiosos nacionalistas e sacerdotes xintoístas iniciaram um movimento para tentar banir o budismo do país em prol do xintoísmo. O feriado de Finados (ainda existente) também é parte da tradição budista, motivo pelo qual houve com efeito tais boatos.
21. Supõe-se que Ogai intencionava escrever o termo italiano para Carnaval, "Carnevale".

janeiro, os homens acabam naturalmente criando as mesmas coisas. Ainda que mesmo no Ocidente haja danças que se realizam na época da colheita, estas todavia não são caracterizadas pelo uso de máscaras.

Um grande número de pessoas dançava em círculo. Alguns vinham para a dança com o rosto coberto, outros apenas observavam parados. Mesmo para quem apenas observava, era possível se aproximar a qualquer momento de algum dançarino de seu agrado e então se juntar ao grupo.

Enquanto eu olhava a dança, chegou-me por acaso aos ouvidos a conversa de dois encapuzados. Pareciam ser dois sujeitos que já se conheciam.

— Ontem à noite você foi até a montanha de Atago, não foi?

— Pare com mentiras.

— Ora, mas você foi, mesmo.

Dialogavam assim até que outro homem ao lado se intrometeu:

— Naquele lugar, se a gente vai lá pela manhã, dizem que se encontra um monte de coisa no chão.

Após isso só ouvi risadas. Sentindo-me como se houvesse tocado em algo imundo, desisti de ver as danças e voltei para casa.

* * *

Fiz onze anos.

Papai levou-me com ele para Tóquio. Deixamos mamãe em casa. A senhora que vinha sempre para lhe ajudar mudou-se para viver com ela. A ideia era, depois de algum tempo, que mamãe se juntasse a nós. Suponho que ficaria cuidando da casa até que a vendêssemos.

A mansão do antigo senhor feudal a que meu pai servia ficava em Mukojima.[22] Papai alojou-se em uma peça vazia da mansão, formada por um condomínio horizontal, e contratou uma senhora para que nos preparasse a comida.

Ele saía todos os dias, voltando apenas após o anoitecer. Parece que estava procurando também uma escola para mim. Sempre que ele saía de casa, uma moça que teria uns vinte anos vinha até a porta dos fundos e logo ia embora, com o avental estufado. A senhora estava roubando nosso arroz, entregando-o para a jovem levar embora. Depois que mamãe veio morar conosco, ao descobrir isso ela pôs a senhora no olho da rua. Eu era um menino bastante distraído.

Não havia crianças com quem brincar. Bem, havia o filho de um dos serviçais da mansão, que era uns dois anos mais novo que eu; mas este, no primeiro dia em que o encontrei, disse que estava indo pescar carpas no laguinho que havia na mansão, o que fez com que eu o achasse um chato e decidisse não tomá-lo

---

22. "Ilha do Outro Lado". Região no distrito de Sumida, em Tóquio, que ganhou esse nome por parecer uma ilha quando vista da margem oeste do rio Sumida.

para parceiro de brincadeiras. Havia também duas ou três meninas, a mais velha das quais tinha doze ou treze anos, filhas de um intendente; estas, entretanto, ao me verem, apontavam de longe em minha direção, cochichando entre si e dando risadinhas. Também pensei se tratarem de meninas muito chatas.

Experimentei ir até o cômodo da criadagem na mansão. Ali estavam duas ou três pessoas a quem chamavam de administradores. Em geral, tragavam cigarros e jogavam conversa fora. Minha presença não os incomodava em nada. Ali ouvi muitas histórias.

O que ocasionalmente surgia nas conversas dos criados eram nomes de dois lugares: Yoshiwara e Okuyama.[23] Yoshiwara era um paraíso que estavam sempre a ver em seus sonhos. Acontece que a imagem solene que mantinham desse paraíso era em parte garantida pela influência da mansão em que serviam. O chefe da criadagem emprestava o dinheiro da casa a altos juros para pessoas de Yoshiwara. Em consequência disso, quando lá iam os criados, estes eram recebidos com gentileza especial. E cada qual contava suas histórias de Yoshiwara. Eu não entendia metade do que falavam. E se a outra metade eu julgava entender,

---

23. Ambos os lugares eram zonas de prostituição, à época. Yoshiwara, localizada onde hoje seria o distrito de Taito, em Tóquio, durante todo o período Edo fora a única zona de prostituição sancionada pelo governo. Já Okuyama era uma zona de prostituição ilegal, onde o comércio do sexo era realizado às escondidas nas muitas lojas que, por fachada, ofereciam espetáculos exibicionistas, jogos de tiro com arco e flecha ou venda de bebidas alcoólicas.

não me parecia nem um pouco interessante. Certa vez, um dos homens disse a outro o seguinte:

— Que tal se eu levar você junto da próxima vez? Garanto que uma quenga bonita vai lhe fazer bastante carinho!

Em momentos assim, todos riam.

As conversas sobre Okuyama sempre se relacionavam com um homem chamado Hanno. Os *kaju* da mansão em sua maioria eram bexiguentos, de nariz achatado ou dentuços; enfim, nenhum tinha a cara satisfatória. Em contraste, Hanno era um homem de pele clara e estatura alta, que deixava os cabelos crescerem longos e os besuntava, repartindo-os até a nuca. Não faço ideia de qual era o cargo desse homem na casa, mas recebia tratamento como se fora superior a todos os *kaju*, e aparentava ter a função de escriba. Os *kaju* falavam assim sobre ele:

— Se cuidassem de mim como cuidam do Hanno, eu também ia para Okuyama; mas a gente... mesmo pagando para entrar no tiro com arco, ninguém quer nem conversar com a gente, é uma chatice mesmo.

Hanno era o Adônis do grupo. E não tardou para que eu lograsse conhecer as moças que seriam sua Afrodite e sua Perséfone.

Foi no momento em que o canto das cigarras no jardim se tornava insuportável. Meu pai havia saído e eu estava alheio em casa, quando ouvi um *kaju*, de nome Kuriso, chamar-me da rua.

— Shizu! Você está em casa? Tenho que dar uma

saída agora, não quer vir comigo? Eu levo você até o templo em Asakusa.

Papai havia me levado uma vez até a Kannon. Enfiei os tamancos nos pés e saí, faceiro.

Atravessamos a ponte de Azuma e fomos até Namiki fazer compras. Depois demos meia-volta e caminhamos a esmo por Nakamise. Havia um homem segurando um monte de brinquedos em forma de tartaruga suspensos por um fio, que dizia: "Apanhei, apanhei uns filhotes de tartaruga mecânica." A cabeça, a cauda e as quatro patas das tartarugas tremiam. Kuriso parou em frente a uma loja que vendia *ezoshi*.[24] Enquanto eu via um *nishiki-e*[25] sobre a Guerra Seinan[26], ele agarrou um livro que estava na frente da venda, selado com uma cinta em volta da capa, e falou para a mocinha que cuidava do lugar:

— Moça! Ainda existe alguém que se deixa enganar e compra estas coisas? Ahahahaha.

— Pois saiba que volta e meia vende. Se bem que o conteúdo é mesmo extremamente chato. Hihihi.

— O que me diz? Não pode me vender o de verdade?

---

24. Pequenos livretos ilustrados com histórias destinadas a mulheres e crianças, populares no período Edo.
25. Gravuras com mais pigmentos que o *ukiyo-e* tradicional, portanto mais coloridas e populares; os dois termos acabaram mais tarde se tornando sinônimos.
26. A Guerra Seinan, também conhecida como Rebelião de Satsuma, foi iniciada em janeiro de 1877 quando samurais revoltosos tentaram insurgir contra o novo governo imperial estabelecido após o fim do xogunato. O conflito terminou em setembro do mesmo ano, com a vitória das forças imperiais.

— O senhor só pode estar de brincadeira. Do jeito que a polícia está incomodando por estes dias...

Na capa do livro selado com uma faixa havia desenhado o rosto de uma mulher, sobre o qual se lia em grandes letras LIVRO DE PIADAS. Era um volume que por aqueles tempos se vendiam nas lojas de *ezoshi* para enganar as pessoas. O que havia dentro dele eram anedotas ou coisas similares, mas de propósito o selavam como se fosse algo secreto, para vendê-lo às pessoas que buscavam aqueles outros livros com desenhos esquisitos.[27]

Embora fosse criança, eu entendi em boa parte o diálogo. O que me chamou a atenção, mais que o significado do diálogo, no entanto, foi como Kuriso usava com naturalidade o dialeto de Tóquio. Ponderei então por que ele usaria o dialeto de sua terra natal quando estava na mansão, apesar de dominar tão bem assim o de Tóquio. É natural que se use o próprio dialeto quando se está falando com alguém da mesma terra. Mas não parecia ser apenas por isso que Kuriso usava duas línguas diferentes. Não aconteceria de ele usar seu dialeto nativo na frente de seus superiores com o intuito de se fingir de ingênuo? Desde aquela época eu já pensava em coisas assim. Apesar de ser uma criança distraída, por outro lado também possuía uma faceta nada inocente.

---

27. Os livros eróticos eram também chamados por eufemismo de "livros de piadas", o que ajudava a enganar os compradores.

Subimos até o saguão onde havia a estátua de Kannon. Minha curiosidade das coisas guiou meus olhos somente para as tênues chamas das velas que se encontravam lá no fundo, além do cercado negro. Passamos por trás dos velhinhos e velhinhas que rezavam em seus murmúrios, ali agachados e com os corpos curvados como camarões; dobramos para o lado leste do saguão e descemos para fora, deixando para trás os eventuais tilintares de moedas que os devotos lançavam em agradecimento por alguma graça alcançada.

Neste lado encontramos muitos mendigos. Entre eles havia um homem fazendo desenhos com areias de cinco cores diferentes. Em uma área um pouco mais ampla, uma multidão de espectadores fazia roda em volta de alguém: era um *iai-nuki*.[28] Por algum tempo quedei-me em pé junto de Kuriso a observar. As espadas estavam presas uma sobre a outra à cintura do homem. A mais inferior era longa o quanto possível. O homem apenas seguia falando sem parar, mas nunca sacava espada nenhuma. Nisto Kuriso retirou-se de súbito, e eu, sem entender bem o porquê, parti atrás dele. Voltei os olhos e reparei que o homem que coletava dinheiro do público se aproximava do ponto em que estivéramos.

Saímos para uma estreita viela onde havia lojas para

---

28. Arte japonesa de desembainhar a espada para defender-se ou atacar o oponente enquanto sentado. Durante o período Edo, havia vendedores ambulantes que faziam apresentações dessa arte para atrair clientela.

tentar o tiro com arco.[29] Em toda loja havia uma mulher coberta de maquilagem, a qual me olhava como se eu fosse algo raro. Até ali meu pai nunca havia me levado. Fiz uma observação peculiar sobre o rosto dessas mulheres: não tinham feições de pessoas comuns. Diferindo das mulheres que eu já havia visto até então, todas seguiam o mesmo *stéréotype*. Se eu as fosse descrever com palavras de hoje em dia, diria que aquelas mulheres exibiam uma expressão congelada. Ao ver-lhes os rostos, pensei: por que todas faziam aquela mesma cara? Quando se diz a uma criança que se comporte, é comum ela fazer uma careta. Pois essas mulheres tinham todas a expressão estranha tal como uma criança repreendida. As sobrancelhas eram pintadas o mais altas possível, um exagero, erguidas até a linha do cabelo. Os olhos, os esbugalhavam também o máximo possível. Mesmo quando falavam ou riam, esforçavam-se para não mover o rosto do nariz para cima. Por que teriam todas o mesmo rosto, como se houvessem combinado entre si? — foi o que pensei. Embora eu não soubesse, tratava-se de rostos de mercadorias. Aquele era o semblante da *prostitution*.

Eram muitas as mulheres que chamavam os clientes com vozes ruidosas: "Vem cá um cadinho, moço." Ainda que algumas dissessem um "bocadinho" bem audível, muitas diziam apenas "cadinho" mesmo. Houve

---

29. Elas estão agora na zona de Okuyama, mencionada anteriormente.

uma que chamou por um "moço de *tabi*[30] azuis". Kuriso estava calçando *tabi* azul-escuros.

— Ora, se não é o Kuriso!

Ouvi um chamado com uma voz um tanto mais penetrante. Kuriso entrou na loja e sentou-se. Mantive-me em pé e boquiaberto, mas ele me convidou com a mão para que eu também me sentasse. A mulher tinha o rosto redondo. Lembro também que, por entre os finos lábios, se podiam ver os dentes com o ferro a se descolar.[31] Ela deu algumas tragadas em um comprido *kiseru*[32] para prender fogo ao tabaco, limpou o bocal com a manga e, sem mover o rosto do nariz para cima, como eu já mencionara, passou-o a Kuriso.

— Para que limpar?

— Porque senão é falta de educação.

— É só para o Hanno que você passa o fumo sem limpar, não é?

— Ora, pois saiba que mesmo para o Hanno eu sempre limpo, viu?

— Será? Será que limpa mesmo?

Foi esse tipo de conversa que tiveram. As palavras

---

30. Meia da vestimenta japonesa com apenas uma divisória entre os dedos, para o dedo maior.
31. Até meados do século XIX era bastante comum no Japão mulheres casadas, bem como prostitutas, pintarem os dentes de negro utilizando uma solução de acetato férrico; eram considerados sinal de beleza. Como o costume caíra em declínio no final do século XIX, era natural que o "ferro estivesse se descolando" dos dentes da mulher que aparece neste trecho.
32. Espécie de cachimbo japonês, longo e estreito. Oferecer o fumo era um dos serviços prestados pelas prostitutas aos clientes mais íntimos.

tinham dois sentidos. Kuriso não reconhecia em mim a capacidade de traçar alguma imaginação que fosse a respeito do segundo sentido. A mulher também tratava-me como se eu fosse ar. Eu não sentia insatisfação alguma, contudo. A mulher não me agradava. Por isso eu não queria, de qualquer modo, que ela me dirigisse a palavra.

Kuriso perguntou se eu não queria experimentar o tiro com arco, mas eu respondi que não tinha vontade.

Pouco tempo depois ele saiu da loja de tiro com arco. Passamos então por Saruwakacho, cruzamos a travessia de Shirahige e voltamos para a mansão em Mukojima.

Isso aconteceu na mesma época: entre os amigos dos *kaju* havia um acupunturista chamado Ginbayashi, o qual de vez em quando ia até o alojamento deles para conversar. Sua missão era cuidar da senhora da mansão, e por isso não era alguém vindo da província. Era nascido e criado em Tóquio. Apesar de os *kaju* serem em sua maioria homens na casa dos trinta anos, esse já passava dos quarenta. Ao compará-lo com os *kaju*, ele me parecia bastante mais sagaz.

Certa vez Ginbayashi disse-me que iria para os lados de Ginza e, eu querendo, poderia me levar junto. Como nesse dia ele já havia terminado todos seus afazeres, meteu-se em uma casa de espetáculos ao lado da ponte Kyobashi.

Por ser a matinê, não eram muitos os espectadores. Entre os que pareciam ter alguma classe, havia apenas algumas esposas de comerciantes acompanhadas das filhas, enquanto o resto era em sua maioria homens, trabalhadores braçais.

No palco surgiu um contador de anedotas, e começou a falar. O filho de alguém, um rapaz chamado Tokusaburo, havia saído para jogar *shogi*.[33] Voltando tarde da noite, acabou trancado fora de casa. A filha do vizinho, por coincidência, também estava trancada fora de casa. A moça puxou conversa com o rapaz. Quando ele disse que a única solução era ir para a casa de seu tio e passar a noite lá, a moça lhe pediu que então a levasse junto. O rapaz partiu a passos largos sem lhe dar ouvidos, mas ela o seguiu mesmo assim. O tal tio era versado em assuntos de amor. Ou seja, pareceria uma personagem *lax* quanto à moral. O tio logo inferiu que o sobrinho havia trazido uma namorada. Pensou que o rapaz estava disfarçando as palavras por ter vergonha de explicar. A moça, apaixonada pelo rapaz, viu nisso uma inesperada felicidade. Os dois foram então levados ao segundo piso pelo tio. Havia apenas um lugar para dormir. Dispuseram o cinto de quimono estendido verticalmente no centro do colchão, como se — e sei ser isto um *anachronism*[34] porque escrevo a história agora —, como se

---

33. Espécie de xadrez japonês.
34. Ogai utiliza aqui o termo em inglês para "anacronismo". Refere-se ao fato de que o território da Ilha Sacalina seria dividido entre Rússia e Japão em 1905, dezoito anos após o ponto atual da narrativa. A ilha retornaria ao domínio russo após o término da Segunda Guerra Mundial.

estivessem a dividir a Ilha Sacalina, deitando-se enfim ambos. Mal começaram a pegar no sono e acordaram novamente — foi dizendo o narrador, seguindo com não sei mais o quê. Embora meus ouvidos ainda não estivessem de todo acostumados ao dialeto de Tóquio, o homem seguia falando pelos cotovelos. Eu punha-me a ouvi-lo com toda atenção, tal como no futuro viria a fazer quando começasse a ter aulas com ocidentais, até que Ginbayashi fitou-me o rosto, rindo.

— Que tal? Consegue entender?
— Consigo. Quase tudo.
— Se for quase tudo, já é bastante.

O contador de anedotas, que até então seguia falando sentado, pôs-se de pé e curvou o corpo para descer pelo lado do palco, quando logo apareceu um segundo para lhe tomar o lugar. "Venho para substituir meu colega, mas não para brilhar mais que ele", comediu-se. *A diversão dos homens é pagar meretrizes* foi como intitulou seu monólogo. Em seguida começou a contar sobre certo trabalhador braçal que havia levado um homem ingênuo para Yoshiwara. Poder-se-ia chamar a história de uma introdução a Yoshiwara. Essa terra chamada Tóquio era de fato um lugar bastante propício para obter conhecimento sobre o que quer que fosse, pensei comovido enquanto escutava o homem. Nessa ocasião, aprendi uma expressão curiosa: "Receber a perereca". Todavia, desde esse dia eu nunca mais ouviria a mesma expressão em outro lugar além da casa de espetáculos, de modo que ela não fez mais que lançar um fardo inútil sobre minha memória.

* * *

Por volta de outubro do mesmo ano, ingressei em uma escola particular que havia em Ikizaka, na área de Hongo, onde ensinavam alemão.[35] Isso porque papai pensava em fazer de mim um engenheiro de minas.

Como Mukojima era longe e não se podia frequentar a escola vindo de lá, por essa época alojei-me na casa de um professor Azuma[36], veterano de meu pai, o qual morava na área de Kanda-Ogawamachi, e de lá passei a ir às aulas.

O professor Azuma havia acabado de retornar de viagem do Ocidente, e era um sujeito preocupado em demasia com nutrição. Não tinha outros luxos salvo o de comer carne em abundância.[37] E salvo ainda pelo álcool, pois ele também bebia a contento. Isso ele fazia tarde da noite, após retornar da repartição e ocupar-se com traduções ou algo mais até as dez ou onze horas. Sua esposa

---

35. Em 1782, o próprio Ogai passaria a ter aulas de alemão na escola Shinbungakusha, também em Hongo, distrito de Tóquio, como suporte a seus estudos de medicina.
36. Personagem baseada em Amane Nishi (1829-1897), educador e barão japonês que, influenciado pelos trabalhos de Auguste Comte e de John Stuart Mill, foi o principal responsável pela introdução da filosofia ocidental no Japão. Era parente distante de Ogai (filho de seu tio-avô), e o hospedou durante o período escolar.
37. A carne de gado é bastante rara no Japão, sobretudo à época da obra, o que torna esse "único luxo" um sinal de considerável conforto financeiro.

era uma mulher de ânimo varonil. Refletindo agora, à época deviam ser poucas as casas de altos funcionários públicos que tinham uma cama de casal daquele modo tranquila.[38] Papai havia me colocado em um ótimo lar.

Durante o tempo em que estive na casa do professor Azuma, não foram poucas as vezes em que recebi estímulos de desejo sexual. Forçando a memória a percorrer o fio do passado, lembro que certa vez se passou o seguinte: o local onde estava minha mesa de estudos situava-se entre a sala de visitas e a cozinha. O sol já havia se posto, mas a criada não vinha para acender o lampião. De súbito me levantei e fui até a cozinha. Ali conversavam a criada e o outro estudante que se alojava na mesma casa. O estudante explicava para a criada que o mecanismo das mulheres está sempre pronto para ser usado. Independente dos sentimentos, pode ser usado. Já o mecanismo dos homens, há ocasiões em que este pode ser usado e outras em que não pode. Quando gosta, dá um salto. Quando não gosta, desanima e nem se mexe. A criada escutava com as orelhas rubras. Eu achei aquilo desagradável e voltei para meu quarto.

As lições na escola não me pareciam difíceis. Como papai já me ensinava inglês, eu conseguia usar um dicionário estrangeiro. Vinha em dois volumes, um para alemão-inglês e outro para inglês-alemão. Quando estava enfadado, havia vezes em que buscava palavras

---

38. Refere-se ao fato de que o professor Azuma não parecia possuir amante.

como *membre* para encontrar *Zeugungsglied*, ou como *pudenda* para encontrar *Scham*, e me divertia sozinho. Todavia, não era por eu estar sendo controlado pelo desejo sexual que tais palavras me pareciam interessantes. Eram-me interessantes por serem palavras ocultas, que ninguém trazia à boca. Lembro-me que, portanto, do mesmo modo buscava também a palavra *fart* para encontrar *Furz*. Certa feita um professor alemão ensinava sobre os fundamentos da química, e produziu sulfeto de hidrogênio para nos mostrar. Em seguida, perguntou se sabíamos qual gás continha esse composto. Um aluno respondeu *faule Eier*. Sem dúvida ovos podres tinham o mesmo cheiro. O professor perguntou se havia algo mais. Levantei-me e gritei bem alto:

— *Furz!*
— *Was? Bitte, noch einmal.*
— *Furz!*

Enfim compreendendo, o professor enrubesceu e consideradamente ensinou-me que essa palavra não se devia usar.

Na escola havia uma casa de estudantes. Experimentei ir até lá depois de terminada a aula. Foi aí que pela primeira vez ouvi sobre algo chamado pederastia. Havia um garoto chamado Kagenokoji[39], acho que da mesma série que eu, o qual todos os dias

---

39. Acredita-se que Ogai tenha escolhido este nome como derivação de "*kagema*", outro termo usado para designar o parceiro passivo na relação entre dois homens.

vinha para a escola montado em um cavalo, e que era o alvo da paixão não correspondida dos estudantes que viviam na pensão. Kagenokoji não conseguia ir muito bem nas aulas. Era um menino meigo, com as bochechas levemente coradas estufando-se de maneira suave. Para mim, era novidade que esta palavra, "menino", também fosse empregada com o sentido de "parceiro passivo". O homem que dizia para eu passar em sua casa na volta da escola também estava me tratando como se eu fosse seu "menino". Até as duas ou três primeiras vezes que eu fora, ele me agraciara com regalos e conversara de modo simpático comigo. Dava-me *hajikemame* para comer, que chamava de "confeitos para o estudante", ou batatas-doces assadas, que chamava de "*yokan* para o estudante". Ainda que desde o princípio eu sentisse que essa sua simpatia tinha algo de pegajoso, algo que me desagradava, por pensar que não podia faltar com respeito aos maiores, ia encontrá-lo às escondidas. Não tardou para que me pegasse na mão. Para que roçasse seu rosto no meu. Eu não aguentava o modo como ele não parava de falar. Eu não possuía a tendência para ser um *Urning*.[40] Embora não me agradasse mais passar em sua casa na volta

---

40. Termo cunhado por Karl-Heinrich Ulrichs (1825-1895), ativista alemão considerado o pioneiro do movimento em defesa dos direitos LGBT. A definição original de Ulrichs descreve o *Urning* como o indivíduo que tem corpo masculino, porém psique feminina e atração sexual primária por homens.

da escola, a inércia das visitas de até então acabou me fazendo continuar a ir vê-lo. Certo dia, ao visitá-lo, encontrei a cama pronta para deitar. O homem comportava-se de modo ainda mais ruidoso que de costume. O sangue lhe subira à cabeça, e tinha o rosto vermelho. Enfim disse-me o seguinte:

— Ei, é só por um pouquinho, venha para cá para a gente dormir.

— Eu não quero.

— Não é para responder assim. Venha.

Tomou minha mão. Quanto maior o calor com que ele me vinha, mais me aumentavam o asco e o medo.

— Não quero. Eu vou embora.

Entrementes trocávamos essas palavras, um homem no quarto ao lado se manifestou:

— Não está funcionando?

— É.

— Então deixa que eu ajudo.

Ele disparou do cômodo adjacente para o corredor. Em seguida, escancarou a porta corrediça rasgada do quarto onde eu estava e saltou para dentro. Esse homem era um sujeito boçal, com quem desde o início eu nunca me relacionara. Ele era um lobo tal qual se lhe via pela cara, enquanto o outro, quem primeiro me persuadira, era um lobo vestido de cordeiro.

— Se você não escutar o que os mais velhos estão dizendo, a gente vai enrolar você no futon e lhe dar uma lição.

Sua mão se moveu junto com as palavras. Jogaram-me o futon sobre a cabeça. Lutei com todas as forças para me livrar. Pressionavam-me por cima. Devido ao tumulto, dois ou três estudantes vieram para espiar. "Pare, pare", ouvi uma voz dizer. A mão que me pressionava por cima afrouxou. Eu enfim me pus de pé num salto e fugi para fora. Modéstia à parte, impressionou-me minha agilidade por ter conseguido carregar comigo meus livros e meu tinteiro. Desde então não fui mais à pensão de estudantes.

Por esses tempos eu saía todos os sábados da casa do professor Azuma para ir passar o fim de semana na casa de meu pai, regressando no domingo à noite. Papai havia se tornado servidor em algum ministério. Contei a ele sobre o que havia ocorrido na pensão de estudantes. Eu imaginara que por certo haveria de causar-lhe um susto, mas ele não se assustou nem um pouco sequer.

— É. Existe gente assim. Você tem que tomar mais cuidado daqui para a frente.

Disse isso e quedou-se plácido. Foi então que me dei conta de que isso também era uma agrura com que eu precisava aprender a lidar.

＊＊

Fiz treze anos.
No ano passado mamãe viera da província.

No início desse ano, parei os estudos de alemão que vinha fazendo até então e ingressei na Escola de Inglês de Tóquio. Isso foi resultado tanto da reforma do sistema escolar feito pelo Ministério da Educação quanto de minha insistência para com papai para que me deixasse cursar filosofia. Conquanto eu tenha achado um desperdício de esforços haver estudado alemão por um breve intervalo depois de ter vindo para Tóquio, a língua acabaria me sendo bastante útil no futuro.

Passei a morar em uma pensão para estudantes. Entre os alunos, os mais novos tinham dezesseis ou dezessete anos, enquanto muitos eram os que estavam na casa dos vinte. Quanto às roupas, quase todos usavam *hakama* de *kokura*[41] e *tabi* azul-escuros. Quem não tinha as mangas arregaçadas até quase os ombros era chamado de maricas.

Deixavam entrar na pensão um senhor que alugava livros. Eu era seu freguês. Lia Bakin.[42] Lia Kyoden.[43]

---

41. O *hakama* é uma espécie de calça ou saia bastante larga utilizada sobre a vestimenta japonesa. O termo *kokura* refere-se ao tipo de tecido, confeccionado em algodão e bastante resistente, originalmente produzido na região de Kokura, em Fukuoka.
42. Bakin Kyokutei (1767-1848), pseudônimo de Okikuni Takizawa. Escritor japonês popular por seus *yomihon* (histórias visando o entretenimento) com narrativas moralizadoras fantásticas e aclamadas por sua boa estruturação.
43. Kyoden Santo (1761-1816), pseudônimo de Samuru Iwase. Escritor de literatura popular assim como Bakin, ficou conhecido especialmente por suas histórias jocosas sobre a zona do meretrício e por suas sátiras ilustradas.

Como os outros alugavam Shunsui[44], havia vezes em que eu também o alugava para ler. Nessa época aflorou em mim pela primeira vez a sensação de que, sendo eu um tanto como o Tanjiro do *Calendário das ameixeiras*, talvez achasse um grande prazer em enamorar-me de uma moça tal como Ocho.[45] Ao mesmo tempo, porque havia entre meus colegas de *hakama* de *kokura* e *tabi* azul-escuros um estudante de pele alva e belas feições, descobri que eu mesmo era um garoto feio, e imaginei que decerto não haveria de ser apreciado pelas meninas. Dessa época em diante, tal pensamento seguiria para sempre escondido no fundo de minha consciência, jamais me permitindo ter autoconfiança suficiente. Associe-se a isso a minha parca idade, a qual garantia que eu me encontrasse subjugado à força de meus amigos em qualquer coisa que fizesse, e explica-se por que passei a me comportar submetendo-me ao *yang* e resistindo ao *yin*. O militar Clausewitz[46] afirma que a resistência passiva deve ser tomada como algo natural para os países fracos.

---

44. Shunsui Tamenaga (1790-1843), pseudônimo de Sadataka Sasaki. Também escritor de literatura popular, foi o grande representante do gênero *ninjobon* (histórias de romance especialmente populares entre o público feminino).
45. Refere-se a *Shunshoku Umegoyomi* [Calendário das ameixeiras — Cores da primavera], obra do gênero *ninjobon* da autoria de Shunsui. A história descreve o relacionamento de Tanjiro com três mulheres que estão apaixonadas por ele: sua noiva Ocho e as gueixas Yonehachi e Adakichi.
46. Carl von Clausewitz (1780-1831), teórico militar prussiano. O conceito aqui citado é discutido no Livro I, Capítulo II de *Vom Krieg* [Da guerra], obra traduzida para o japonês pelo próprio Ogai em 1903.

Observando do ponto de vista do desejo sexual, entre meus colegas de então havia os dândis e os broncos. Os dândis eram o grupo que via aquelas ilustrações estranhas. Os alugadores de livros dessa época faziam uma alta pilha vertical de obras e andavam com ela às costas, como se fosse um *oizuru*.[47] No ponto que seria a base do fardo, traziam uma caixa com uma gaveta. E não havia erro: era nessa gaveta que punham as ilustrações estranhas. Além daqueles que as tomavam emprestadas dos alugadores de livros, havia alguns que possuíam tais gravuras como parte de sua própria biblioteca. Já os broncos não viam ilustrações estranhas nem nada similar. Havia um livro manuscrito que contava sobre um jovem chamado Sangoro Hirata[48], o qual tomavam para ler juntos. Parece que, nas escolas preparatórias de Kagoshima, esse era o primeiro livro que liam na primeira manhã de cada ano. Contava a história do romance entre Sangoro, um jovem de penteado *maegami*, e um pederasta que possuía penteado *bachibin-yakko*[49] — uma história de

---

47. Túnica sem mangas utilizada por peregrinos budistas para proteger o corpo do atrito da bagagem que carregam às costas (tipicamente uma caixa de madeira com utensílios). Ogai certamente queria se referir à caixa em si, e não à roupa.
48. Sangoro Hirata (1585-1599), jovem guerreiro da região de Satsuma, atual Kagoshima, famoso por haver sido usado como modelo para histórias de romances entre samurais.
49. O primeiro penteado caracteriza-se pelo cabelo preso sobre a testa, e era tipicamente utilizado por meninos que ainda não haviam passado pela cerimônia de maioridade. O segundo caracteriza-se pelas costeletas raspadas no formato de uma espátula, e era tipicamente utilizado por rapazes jactantes de seu heroísmo.

ciúmes. Uma história de toque de bainhas.[50] Se não me engano, no final os dois terminam por morrer em batalha. Havia uma ilustração sobre isso também, mas que não mostrava nada de tão chocante.

Os dândis eram superiores em número. O motivo para tanto era que os broncos eram em sua maioria de Kyushu. Visto que na escola preparatória àquela época eram poucas as pessoas de Kagoshima, quando se falava em gente de Kyushu referia-se, em geral, aos alunos vindos de Saga ou de Kumamoto. Somava-se a eles também parte dos estudantes de Yamaguchi. Os oriundos de outros lugares, incluindo toda a área de Chukoku até a região de Tohoku, eram sem exceção dândis.

Não obstante, parecia que ser bronco era a verdadeira natureza dos estudantes, pois os dândis transmitiam um quê de desassossego. Apesar de os *tabi* azuis e o *hakama* de *kokura* serem a roupa padrão dos broncos, os dândis os copiavam no vestuário. Contudo, ainda que usassem a mesma vestimenta, poucos eram os dândis que arregaçavam as mangas. Poucos estufavam o peito. Se carregavam um cajado, este era delgado. Quando saíam nos dias de descanso, por exemplo, aprumavam-se com roupas de seda ou *tabi* brancos.

---

50. Expressão do Japão medieval para designar um confronto, por analogia ao fato de que dois samurais podem iniciar uma batalha tão somente por as bainhas de suas espadas se tocarem por acidente enquanto passam um pelo outro. A expressão posteriormente passou a ser utilizada para se referir a conflitos gerados por um triângulo amoroso.

Aonde iam esses pés calçados com *tabi* brancos? A lugares importantes[51] como Shiba, às casas de tiro com arco em Asakusa, a Nedzu, a Yoshiwara, a Shinagawa. Mesmo quando saíam de *tabi* azuis, os dândis iam com frequência às casas de banho.[52] O banho público nem mesmo os broncos não deixavam de frequentar; porém, estes nunca subiam ao segundo andar. Já os dândis para lá iam diretamente. Lá em cima sempre havia mulheres. Entre os estudantes daqueles tempos, havia inclusive alguns que chegaram a fazer promessas de casamento com essas mulheres das casas de banho. Comparadas às moças das pensões, elas sem dúvida eram pessoas de nível inferior.

Eu era vítima dos broncos. Isso porque, dentre todos que viviam no pensionato naquele período, eu e outro estudante chamado Shonosuke Hanyu[53] éramos os mais jovens. Hanyu era filho de um oftalmologista de Edo.[54] Tinha a tez bem branca. Seus olhos eram bem delineados, e seus lábios marcados de cinábrio. O corpo era gracioso. Já eu tinha a pele escura, o corpo ossudo e, para piorar, fora criado no interior. Ainda assim, os broncos estranhamente nem sequer se

---

51. Expressão da época usada para descrever as áreas que continham casas de prostituição, como todas as aqui citadas.
52. Até o início da era Meiji era comum haver quartos com prostitutas no segundo andar de casas de banho público.
53. Personagem baseada em Shonosuke Tsuchiu, que era calouro de Ogai na Faculdade de Medicina da Universidade de Tóquio.
54. Antigo nome de Tóquio, usado até 1868.

importavam com Hanyu, vindo perseguir a mim. Na minha imaginação, evitavam Hanyu porque ele já era dândi desde o berço.

Entrei na escola em janeiro. No pensionato coube-me um quarto no segundo andar. Eu o dividia com outro rapaz, Yuzuru Waniguchi.[55] Este dedicava-se tardiamente aos estudos, sendo um dos que possuíam idade mais avançada. Sua cara bexiguenta era alongada, e seu queixo saliente se projetava para frente. Era magro, e de alta estatura. Fosse ele um dos broncos, imagino que não teria como lhe escapar.

Por sorte Waniguchi não era um bronco. Estava mais para um dos dândis, e parecia saber tudo no que dizia respeito às mulheres. Se bem que não era um dândi comum. Os pertencentes a esse grupo buscavam todos agradar às mulheres. Waniguchi jamais agradaria às mulheres ainda que o tentasse, e as via como se fossem alguma imundície. As mulheres, para ele, não passavam de uma reles máquina para garantir a satisfação do desejo sexual. E ele satisfazia esse desejo sempre que surgia a ocasião. Com seu olhar insensível a mais não poder, observava as mulheres tal como uma cobra a vigiar um sapo, e com habilidade vislumbrava todas as oportunidades que havia para serem aproveitadas. Apesar de sua feiura, jamais so-

---

55. Personagem baseada em Ken Taniguchi (1856-1929), que fora colega de Ogai na Faculdade de Medicina e, assim como o escritor, também estudou por algum tempo na Alemanha e serviu como médico no Exército.

fria da falta de mulheres. De acordo com o que dizia o próprio Waniguchi, com mulheres basta se ter dinheiro. Não é necessário agradar-lhes.

Waniguchi não achava estúpidas apenas as mulheres. Tudo lhe parecia estúpido. A seus olhos não existia absolutamente nada que fosse sagrado. Vez por outra meu pai ia me visitar no pensionato. Quando cumprimentava Waniguchi dizendo que zelasse por mim, pois eu ainda era tal qual uma criança, ele apenas assentia, sem contestar. Ele então ouvia calado papai dar-me conselhos e advertências, para mais tarde repetir em tom de deboche nosso dialeto provinciano:

— 'Cê estude com toda dedicação. E 'cê tem que dar ouvidos aos mais *veios*, até a Waniguchi. Se tiver *quarquer* coisa com que 'cê não concorde, diga que não entende, e pergunte pros outros por que tem que ser assim, para que ensinem a 'ocê. Agora vou embora. 'Tou esperando 'ocê no sábado, então 'cê vem. Ahahahaha.

Ele com isso passou a chamar meu pai de "Cevém". "Hoje por esta hora já deve vir o Cevém", dizia. Ou ainda: "Enfim a gente vai ganhar uns *monaka*[56] de novo", dizia. Mesmo que eu lhe dissesse para parar, porque se tratava do pai dos outros ou por outra razão que me ocorresse, ele nunca oferecia trégua. "Pois saiba que aquele Cevém lá um dia cobriu sua mãe para fazer

---

56. Espécie de biscoito recheado japonês, com massa feita de arroz e recheio tipicamente feito de pasta de feijão azuki.

você. Ahahahaha", dizia por exemplo. Ele era tal qual aquele senhor da guarida em minha cidade natal.

O desempenho de Waniguchi nas aulas era mediano. Nosso professor alemão tinha por costume manter em pé frente à lousa os alunos que não soubessem as respostas das lições. Certa vez, como Waniguchi não soubesse responder, o professor ordenou-lhe que ficasse ali de pé. Ele jogou as costas contra a lousa e quedou-se a mirar o nada, em postura desafiadora. A madeira soou com um baque. O professor enfureceu-se como fogo, e enfim fez relato ao inspetor, que puniu Waniguchi proibindo-o de sair à rua. Não obstante, desde esse evento o professor também passaria a hesitar perguntar algo a Waniguchi.

Se mesmo os professores titubeavam frente a Waniguchi, pode-se imaginar que não havia em nossa turma ninguém que de fato não o temesse. Embora ele não me oferecesse proteção, tampouco vinha me molestar. Quando saía, antes de deixar o quarto me dizia assim:

— Quando eu não estou aqui, vêm aqueles idiotas para dar uma de enxeridos, então tome cuidado.

Eu tomava cuidado. Como a pensão era uma *nagaya*, havia saída em ambos os lados. Se o inimigo viesse da direita, eu fugia pela esquerda. Se viesse da esquerda, eu fugia pela direita. Como ainda assim me preocupava, certa feita trouxe comigo da casa em Mukojima uma adaga, escondida dentro do peito do quimono.

Em fevereiro o clima continuou inalterado por um

bom tempo. Todos os dias ao fim das lições eu ia com Hanyu ao pátio para brincar. Uma vez, dois estudantes de fora, vendo que lutávamos sumô sobre uma pilha de areia, debocharam de nós dizendo que parecíamos dois cachorrinhos. "Nossa, o escurinho e o branquelo estão brigando!", "Ô branquelo, não perca!", havia alguns que nos dirigiam a voz ao passar. Ainda que Hanyu e eu brincássemos desse modo, conversar mesmo, não conversávamos. Eu lia incessantemente os livros que alugava, e habitava um mundo infantil de fantasia. Já Hanyu era de uma natureza que não lhe permitia ficar quieto fora da sala de aula, e portanto não lia livros nem nada. Digo que brincávamos juntos, mas apenas lutávamos sumô ou inventávamos outros jogos similares.

Foi em um dia de frio intenso. Eu havia ido ao pátio da escola com Hanyu, onde brincáramos de apostar corrida sob o pretexto de estar frio; após retornar da brincadeira, vi que dois ou três estudantes do mesmo ano que eu estavam conversando algo com Waniguchi. Falavam sobre o lanche da tarde. O lanche era em geral *hajikemame* ou batata-doce assada, e os estudantes juntavam dinheiro e davam-no ao zelador para que fosse comprá-lo, sob a comissão de dois centavos de iene. Agora, ao contrário de sempre, ouvi que iriam esbanjar, e parece que fariam um sopão-surpresa. Cada qual iria sair para comprar algo, e depois jogariam tudo na panela para comer. Um dos rapazes olhou em minha direção perguntando: "E o Kanai?" Waniguchi voltou-me o canto dos olhos e disse:

— Hoje não estamos comprando batatas. Não precisamos convidar pivetes.

Voltei-me para o lado e fiz de conta que não os escutava. Seguiram conversando por um tempo decidindo quem iriam ou não convidar, mas não tardou para que todos se dispersassem.

Eu já conhecia desde antes a personalidade de Waniguchi. Ele não se dobrava à autoridade. Nunca, de modo nenhum, já acontecera de concordar em algo com outra pessoa. Até aí, tudo bem. Entretanto, por não haver nada para ele de sagrado no mundo, às vezes a pessoa que estivesse a seu lado é quem acabava injuriada. Nessa época eu o julgava uma personalidade desalmada. Ademais, possuindo algum conhecimento dos clássicos chineses, ele mantinha sempre um *Kanpishi*[57] sobre a mesa, o que contribuía deveras para a imagem que se tinha dele. Pensando de novo agora, desalmado não é uma definição que lhe coubesse bem. Ele era um *cynic*. Mais tarde, quando estive lendo *Cynismus* de Theodor Vischer[58], por toda a obra me pegaria pensando em Waniguchi.

---

57. Nome japonês da obra *Hán Fēizǐ*, da autoria de Hán Fēizǐ (280-233 a.C.), filósofo chinês. O livro é bastante influenciado pelo legalismo, filosofia política que enfatizava a necessidade de forçar sobre a nação um sistema rígido de leis.

58. Friedrich Theodor Vischer (1807-1887), escritor alemão mais conhecido por seu romance *Auch einer*, onde desenvolveu uma teoria cômica sobre objetos inanimados conspirarem contra seres humanos. A obra aqui citada seria *Mode und Cynismus: Beiträge zur Kenntniß unserer Culturformen und Sittenbegriffe*, publicada em 1879.

A palavra *cynic* advém do termo grego para "cão", *kyon*. Se em japonês já há traduções como "cinologia"[59], talvez não haja problema em chamar alguém de "canino". Assim como os cães gostam de meter o focinho na sujeira, as pessoas caninas não conseguem descansar enquanto não sujam tudo o que encontram. E, assim, não reconhecem nada de sagrado no mundo. Para as pessoas, o simples fato de santificar um grande número de coisas acarreta um grande número de fraquezas. Um grande número de dores. Pessoas normais, portanto, não podem suportar o encontro com pessoas caninas.

Waniguchi estava sempre pisando nos calos dos outros. E não via na dor alheia problema nenhum. Daí advinha sua faceta desalmada. Quando o mais forte se depara com o mais fraco, acha-o engraçado. Engraçado e curioso. O que ocorre é que os cínicos encontram graça na dor das pessoas.

Mesmo para mim seria dolorido quedar-me alienado no quarto, apenas observando, enquanto um bando de gente se reunia para comer algum cozido. Waniguchi sabia disso, e me excluíra do grupo em parte por achar engraçado.

Pensei em sair à rua enquanto todos se ocupavam em comer. Mas, se saísse, seria como se estivesse fu-

---

59. O cinismo como corrente filosófica foi introduzido no Japão como *kenjugaku*, ou "confucionismo canino", embora a forma reduzida *kengaku* (ciência dos cães) também não fosse incomum. A palavra japonesa foi baseada na origem grega da palavra, também derivada de "cão".

gindo. Pensei que seria lastimável fugir de meu próprio quarto enquanto deixava os outros fazerem lá o que bem entendessem. Por outro lado, se tentasse engolir a saliva espumante em minha boca e suportar o fato, decerto seria alvo de deboche para eles. Saí e comprei dez centavos de *monaka*. Naquela época, comprar dez centavos de *monaka* significava comprar um saco cheio. Escondi-os debaixo da mesa, acendi a lamparina e quedei-me folheando um livro.

Entrementes, pouco a pouco ia chegando o bando do tal sopão-surpresa. Jogaram óleo sobre o carvão para acender o fogo. Foram ao refeitório buscar panela. Saíram para roubar shoyu. Rasparam o bloco de atum-bonito defumado que alguém fora comprar. O caldo ferveu. Cada qual pegou aquilo que havia comprado e colocou na panela. Para todo item que entrava na panela, gargalhavam. "Já cozinhou", disse um. "Ainda não", disse outro. Começaram uma guerra de armas brancas dentro da panela, cada um com seus pauzinhos. Para beber tinham o tal de *gin* que por esses tempos vendiam nas lojas de importados. Trata-se de um *shochu*[60] que colocavam dentro de uma garrafa negra com pescoço curto e ombros definidos. Como parecia ser barato, com certeza se tratava de uma bebida de qualidade inferior.

---

60. Espécie de bebida alcoólica japonesa, tipicamente destilada a partir de cevada, batata-doce ou arroz.

Todos volta e meia olhavam em minha direção. Eu não fazia caso, e continuava pegando e comendo um por um os *monaka* que estavam debaixo da escrivaninha.

O *gin* começou a fazer efeito. O sangue lhes subiu à cabeça. A conversa vinha chegando ao fim. No grupo do sopão havia tanto broncos quanto dândis. O dândi Miya'ura disse o seguinte para o bronco Henmi:

— Ei, não é verdade? Quando você vai ao banheiro, ao espiar a latrina, deve ter a mesma impressão que eu quando vejo uma seda vermelha[61] aparecendo pela bainha do quimono.

Enganou-se quem pensou que Henmi se zangaria, pois respondeu com seriedade:

— Então você por acaso já pensou alguma vez que aquela seda tivesse saído do rabo de alguém?

— Ahahahaha. Para convidar para ir para a cama, se for mulher, a gente pega na mão; mas e se for um homem, como é?

— Ora, é com a mão também; se faz assim... — disse e pegou a mão de Miya'ura, pressionando-lhe a palma com o dedo e explicando: — Se ele quiser, agarra o dedo; se não quiser, não agarra.

Alguém sugeriu a Henmi que cantasse uma música qualquer. Ele começou a cantar:

---

61. O tecido de crepe de seda vermelho era comumente utilizado para confeccionar o roupão usado por baixo do quimono feminino.

— *Do meio das nuvens um diabo bota a bunda para fora, soltando um peido como se fosse apertado por uma corda.*

Houve quem cantasse uma cantiga. Outro entoou um poema. Um terceiro imitou a fala dos *nozoki--karakuri*.[62] Reproduzia-lhes o tom de voz. Não tardou para que a panela e a garrafa fossem se esvaziando. Um dos dândis disse que havia descoberto um lugar excelente próximo dali. Se era assim, que fossem todos agora mesmo, disse alguém. Da outra vez haviam lhes impedido porque tentaram sair cinco minutos antes de fecharem os portões do pensionato, mas agora ainda faltava quinze, e portanto poderiam sair sem problemas. Se ao menos conseguissem sair, bastaria a autorização de um tutor para voltarem só no dia seguinte. Quanto à autorização, já possuíam com antecedência um papel com o carimbo necessário, de modo que era o mesmo que não precisar de nada.

O grupo do sopão-surpresa levantou em grande algazarra. Waniguchi também saiu com eles.

Continuei ali lendo meu livro, porém já enjoado de comer os *monaka*, quando alguém subiu sorrateiro pelas escadas. Um pássaro que já está acostumado com o som da arma nunca deixa o caçador chegar muito perto. Apaguei a lamparina com um sopro,

---

62. Espécie de teatro de rua em que um contador de histórias utilizava uma grande caixa com uma pilha de desenhos ao fundo, os quais ia folheando com um cordão enquanto executava a narrativa com uma entonação peculiar.

abri a janela, saltei para o telhado do andar de baixo, que ficava logo ao pé desta, e em seguida voltei a fechá-la em silêncio. Não sei se era de cerração ou de geada, mas as telhas estalavam levemente úmidas. Agachado junto à janela, ao lado do compartimento para onde se recuava a persiana corrediça, agarrei com força o punho da adaga que mantinha sob o peito do quimono.

As janelas da pensão estavam todas com as persianas cerradas, e apenas por trás da porta corrediça do banheiro se via uma luz. Os tais passos entraram em meu quarto. Pareciam caminhar por aqui e por ali.

— Ele estava com a lamparina acesa até agora, aonde teria ido?

Era a voz de Henmi. Prendi a respiração. Após algum tempo os passos saíram do quarto e foram descendo pelas escadas.

Da adaga, por sorte, acabei não precisando.

* * *

Fiz catorze anos.

As tarefas do dia a dia continuavam a não representar nenhum problema. Bastava ter uma folga que logo me punha a ler os livros que tomava emprestado. Como os conseguia ler cada vez mais rápido, de Bakin e Kyoden lera praticamente tudo. Depois disso procurei ler outros autores entre os que escreviam "livros para leitura"[63], mas não me pareceram nada interessantes. Li os *ninjobon*[64], que todos costumavam tomar emprestado. De algum modo sentia as relações entre homens e mulheres flutuarem em meu coração como um sonho bonito. Não ofereciam nenhuma impressão profunda, tanto que logo os esquecia. Não obstante, toda vez que recebia essa breve impressão, tinha a sensação de que essa alguma coisa "como um sonho bonito" que passava em meu peito, oriunda da constatação da fortuna que agraciava esses homens e mulheres de feições esplêndidas que apareciam nas histórias, era algo que eu jamais poderia realizar. Isso causava-me dor.

É claro que continuava brincando com Hanyu. Estava no fim da primavera. Ao sair com ele para dar uma caminhada na tarde de uma segunda-feira, ele disse que me levaria a um lugar interessante. Perguntei que lugar seria — tratava-se de um restaurante tradicional das redondezas. Embora eu até então já houvesse ido a casas de macarrão *soba* ou que vendiam pratos com carne bovina, salvo por uma única ocasião em que meu pai me levara para comer na Ogi-ya de Oji, eu nunca havia entrado em um estabelecimento

---

63. Assim eram chamados, durante o período Edo, os romances que davam enfoque ao texto, não contendo as ilustrações comuns de até então. Bakin e Kyoden também foram expoentes dessa "literatura não ilustrada".

64. Tipo de romance do período Edo sobre conflitos psicológicos de personagens em suas relações interpessoais, frequentemente amorosas.

que tivesse na fachada uma placa dizendo ORYORI[65], e portanto me espantei.

— E você pode ir a um lugar desses sozinho?

— Não vou sozinho. Estou convidando você para ir comigo.

— Isso eu sei. Quando digo sozinho, quero dizer sem um adulto acompanhando. Por acaso você já foi alguma vez a um lugar assim?

— Já, sim. Fui recentemente.

Hanyu estava bastante gabola. Passamos pela cortina. "Bem-vindos", disse uma atendente, e, após olhar para nós, voltou-se para uma colega e puseram-se ambas a rir entre si. Sentindo-me deslocado, tive vontade de dar meia-volta, mas como Hanyu adentrou sem delongas, não encontrei alternativa e o segui.

Hanyu pediu comida. Pediu bebida. Perguntei se ele por acaso já bebia, e me disse que, mesmo que não bebesse, era preciso pedir. Cada vez que a atendente vinha trazer alguma coisa, quedava-se ao nosso lado por um momento, rindo. Enquanto eu, retesado, comia um aperitivo ou algo qualquer, Hanyu começou a seguinte conversa:

— Hoje foi um dia espetacular de verdade.

— Por quê?

— Meu tio me convidou para a festa dele de Ano-

---

65. Literalmente, "comida". Apenas restaurantes requintados de comida japonesa costumavam apresentar tal placa. O Ogi-ya aqui mencionado até hoje existe, situando-se no lado sul da estação de Oji, em Tóquio.

-Novo, então eu fui. Quando cheguei lá, encontrei um monte de gueixas e suas aprendizes e, como os outros convidados ainda não tinham chegado, fiquei me divertindo com elas. Foi então que uma das aprendizes disse que queria me mostrar o jardim. Eu fui com ela. A gente deu a volta no laguinho e foi até a pequena elevação que tinha no jardim, quando ela agarrou minha mão sem dizer nada. Depois a gente caminhou de mãos dadas. Foi espetacular.

— É?

Não consegui dizer nada que acompanhasse o sentimento de meu amigo. Em minha mente veio então flutuar aquela bela imagem um tanto onírica que me ocorria ao ler os *ninjobon*. De fato, em se tratando de Hanyu, com efeito sua figura caminhando de mãos dadas com uma aprendiz de gueixa devia resultar uma bela combinação. Hanyu não era apenas um belo rapazinho. Mesmo quanto às roupas, por exemplo, só vestia o que melhor lhe caía.

Ao mesmo tempo que tive tais pensamentos, senti que esse evento era algo completamente distante de mim. Todavia, por estranho que pareça, não me ocorreu o mesmo sentimento dolorido de quando me afundava em devaneios ao ler os *ninjobon*. Deparando com um fato como esse, constatei que se tratava de algo muito natural.

Hanyu logo pagou a conta, e saímos ambos do restaurante. Suponho que pagou a minha parte como celebração por ter caminhado de mãos dadas com uma moça.

Ao lembrar dos acontecimentos daquela época, eles parecem-me fantásticos. Isso porque, se por um lado as belas divagações de quando lia os *ninjobon*, ou de quando ouvi de Hanyu a história sobre como ele atara mãos com a aprendiz de gueixa — se por um lado elas representavam o afloramento da paixão em mim, por outro não tinham de modo nenhum relação intrínseca com o desejo sexual. Falar em desejo sexual talvez não seja o mais adequado nesse caso. Aparentemente o afloramento da paixão e o *Copulationtrieb*[66] estavam de todo separados em mim.

Analisando os *ninjobon*, percebe-se que o ósculo aparece com uma característica completamente diferente do ósculo nas obras ocidentais. Mesmo eu, contudo, pela reflexão de meu intelecto não ignorava que paixão e desejo sexual estavam relacionados. Todavia, ainda que eu pensasse na paixão como algo que me apetecia, quanto ao desejo sexual, em comparação, este não havia se desenvolvido em mim.

Creio que as circunstâncias de certa memória que me resta servem para provar isso diretamente. Por essa época aprendi algo feio. Embora se trate de uma coisa assaz difícil de revelar, caso não a inclua aqui não haverá proveito em escrever o que es-

---

66. Termo alemão criado pelo autor para descrever o "desejo pela cópula".

crevo. Nos pensionatos ocidentais, para evitar que os jovens estudantes façam algo assim, há uma regra impondo que durmam com ambas as mãos por cima das cobertas; espera-se que, quando o diretor faz a vistoria noturna, preste atenção nas mãos de todos. De que modo eu aprendi tal coisa, isso eu não sei dizer com clareza. É fato que Waniguchi, que por gosto costumava levar à boca coisas imundas, estava sempre falando disso. Além dele, sempre houve neste mundo um monte de pessoas que jamais se esquecem de perguntar, a cada vez que se deparam com algum rapaz, se também ele faz isso, e, a cada vez que se deparam com uma moça, se já lhe crescem pelos naquela parte do corpo. De homens broncos, que nunca receberam nenhuma educação, isso é até esperado. E mesmo entre homens com jeito de cavalheiros há muitos que são assim. Entre os estudantes mais velhos do pensionato também havia muitos desse tipo. E, quando queriam debochar de jovens como eu, falar desse ato era para eles um chavão. Experimentei fazer a tal coisa. Contudo, não era prazeroso como diziam ser. E, depois de o fazer, afligiu-me uma forte dor de cabeça. Tentei mais uma vez, forçando-me a imaginar aquelas ilustrações estranhas. Dessa feita não senti apenas dor de cabeça, como também uma palpitação intensa no peito. Desde então, raras foram as vezes em que fiz isso de novo. Em suma, posto que esse ato não adviera de uma necessidade interna minha, mas incutido por outros, como uma lição emergencial e sem proveito, aparentemente acabou por não me valer de nada.

Certo domingo voltei para minha casa em Mukojima. Ao voltar, encontrei meu pai diferente de seu habitual, calado e com cara amarrada. Mamãe também tinha jeito de estar preocupada, e parecia reprimir as palavras doces com que gostaria de me haver recebido. Tendo ido para casa cheio de energia, senti-me descompassado, e mantive-me por algum tempo comparando o rosto de um e de outro.

Papai pegou o *kiseru* com que estava fumando tabaco e bateu com mais força que de costume sobre o cinzeiro, começando em seguida a falar. Ele nunca fumava tabaco de enrolar. Se o encontrasse fumando, era certo que estava usando tabaco da marca Kumoi. Pois bem, escutando o que ele tinha para dizer, descobri que algo que eu fizera de errado, e que nem sabia ser errado, havia chegado aos ouvidos dele. Não era nada relacionado àquele ato. Era sobre minha associação com Hanyu.

Na mesma escola que nós, porém em série mais avançada, havia um garoto chamado Nunami. Eu não conhecia sequer seu rosto, mas aparentemente ele era um dos que haviam visto eu e Hanyu brincarmos como dois cachorrinhos, e achara isso muito interessante. O tutor de Nunami vivia em Mukojima, e era colega de *go*[67] de meu pai. Foi desse homem que papai ouvira a história.

O homem disse-lhe que o jovem Kanai (eu) era o menor rapazinho do pensionato. E que, aparentemente, ia muito bem nos estudos. Entre meus amigos havia um chamado Hanyu. Esse também não ia mal. Nossos caracteres eram completamente diferentes, contudo. Eu era um jovem tranquilo, que dali para frente iria me desenvolver cada vez mais; Hanyu, por outro lado, era um prodígio que amadurecera muito rápido, de mente aguçada por demais, e de futuro incerto. Ambos parecíamos relacionarmo-nos muito bem, sempre nos divertindo juntos — o que decerto se devia ao fato de não termos outros com quem brincar, e nos uníamos por sermos ambos pequenos. Todavia, ultimamente vinha se tornando assaz perigoso para o meu bem-estar associar-me a Hanyu. Este devia ser uns dois anos mais velho que eu. Como se tratava de um sujeitinho criado em Edo, recebera as más influências da cidade grande. Já havia quem o flagrasse, por esses tempos, indo sozinho a restaurantes e achando graça em ter as atendentes a lhe adularem. Dizem que já havia começado a beber. Segundo a história mais ultrajante, ele havia até comprado um cinto de quimono de presente para uma mulher de alguma loja de tiro com arco. Aquele lá era bem capaz de cair na

---

[67]. Jogo de tabuleiro japonês cujo o objetivo é cercar as pedras do adversário.

perdição. Para que eu também não caísse na perdição junto com ele, urgia, por favor, que nos separassem — foi o que recomendara Nunami a seu tutor, e este a meu pai.

Papai contou-me tudo isso, e perguntou se eu já não havia feito algo de errado em companhia de Hanyu. Se houvesse feito, o melhor seria confessar logo. Contanto que confessasse e prometesse não repeti-lo, estaria tudo bem. Todavia, daquele momento em diante não deveria nunca mais associar-me com Hanyu, ordenou meu pai. Mamãe também se manifestou, dizendo que Nunami não me havia acusado de eu ter necessariamente feito algo de errado até então, e, se de fato não fizera, bastava não brincar mais com esse menino chamado Hanyu que não haveria mais problemas.

Quedei-me perplexo. Em seguida fui sincero e contei-lhes sobre como Hanyu havia me levado até um restaurante. Deixei de revelar apenas o fato de que se tratava de uma celebração, por achar complicado entrar no assunto.

Cortar relações com Hanyu seria algo deveras difícil, ou ao menos foi o que pensei a princípio: na prática, aconteceu de modo quase natural. Não tardou para que Hanyu repetisse de ano. Com isso, deixou a escola. O que depois se passou com ele, eu não soube.

Saberia somente após ter voltado de minha viagem ao Ocidente e contrair matrimônio. Certo dia, durante minha ausência, uma pessoa deixara em minha casa um cartão de visitas com o nome SHO-NOSUKE HANYU. Disseram-me que ele havia apenas mencionado estar trabalhando com compra e venda de ações, e que logo partira.

* * *

Nas férias de verão do mesmo ano voltei para Mukojima. Foi nesse período que fiz um ótimo amigo. Tratava-se de Ei'ichi Bito[68], um jovem praticamente da mesma idade que eu, o qual frequentava o curso preparatório da Escola de Medicina de Tóquio, na ponte de Izumi.[69] O pai de Ei'ichi era contador da mesma mansão em que trabalhava o meu, e recebia tratamento igual ao de Hanno, que desempenhava a função de escriba. Sua casa também ficava em uma das alas da mansão.

Meu pai agora havia adquirido uma casa em local próximo à mansão, com um pequeno terreno que fizera de horto, onde se entretinha plantando coisas diversas. Para além da plantação podia-se ver a avenida de Hikifune. Ou Ei'ichi vinha até a avenida para

---

68. Personagem baseada em Mago'ichi Ito (1862-1936), amigo que, de acordo com o próprio Ogai, despertara no autor o interesse pela literatura chinesa.
69. Em 1876, a Escola de Medicina de Tóquio fora transferida da ponte de Izumi para a área de Hongo, no bairro de Bunkyo, para no ano seguinte ser integrada à Universidade de Tóquio e reestruturada como sua Faculdade de Medicina. Como este ponto da narrativa supostamente se passa em 1879, a cronologia se torna imprecisa.

brincarmos, ou era eu quem ia até a mansão, de modo que geralmente nunca deixávamos de nos encontrar.

Ei'ichi era um rapaz de rosto achatado e cuja tez compreendia certo tom amarelo; ele era reservado e bastante versado nos clássicos chineses. Sankei Kikuchi era seu ídolo. Tomei-lhe emprestado para ler a *Antologia de poemas da torre do sol após a neve*.[70] Li os *Novos registros nipônicos de Yú Chū*.[71] Depois disso, por ouvir dizer que continha escritos de Sankei, eu também passei a ir até Asakusa para comprar a revista *Kagetsu Shinshi*, trazendo-a para casa para ler. Experimentávamos criar poemas. Tentávamos escrever obras em chinês. A princípio brincávamos fazendo coisas assim.

Ei'ichi era um pequeno moralista. Se quando conversava com Hanyu eu podia estar relaxado, falando sem nenhum tipo de pudor, ao conversar com Ei'ichi, caso dissesse algum termo um pouco vulgar ou obsceno, ele fazia tempestade em copo d'água. De acordo com sua concepção, uma pessoa não deveria se envolver em atos impudicos até ser aprovada como um *jìnshì* e desposar a filha de seu mentor ou outra moça pura

---

70. *Seisetsuro Shisho*, coletânea de poemas de Sankei Kikuchi (1819-1891), poeta do período Edo perito em literatura e folclore chineses.
71. *Honcho Gusho Shinshi*, obra de Sankei Kikuchi em que o autor reuniu histórias e rumores contados pelo povo no período Edo e os escreveu em chinês antigo, baseado no clássico chinês *Novos registros de Yú Chū*. A obra chinesa fora compilada por Zhāng Cháo, uma das muitas inspiradas pelos escritos de Yú Chū, alquimista da dinastia Han.

que lhe bem-quisesse. Depois disso, caso se tornasse um indivíduo de nome conhecido por todo o mundo, por certo também as gueixas haveriam de estimar-lhe assim como a Dong Po.[72] Quando chegasse esse dia, poderia inclusive lhes presentear com um lenço de seda com um poema escrito.

Quando eu ia à casa de Ei'ichi, havia vezes em que ele não estava, pois havia saído com seu pai. Em tais ocasiões, com frequência eu lá encontrava Hanno, com seus longos cabelos repartidos até a nuca. Ao que eu chamava Ei'ichi desde a rua, antes que eu pudesse entrar, Hanno abria a porta corrediça e saía, voltando para sua própria casa. A mãe de Ei'ichi vinha depois para me cumprimentar.

A mãe de Ei'ichi era na verdade sua madrasta. Certa vez, quando estava lendo a *Antologia de poemas da torre do sol após a neve* junto com ele, encontramos um poema sobre Tekona de Mama.[73] Associando por acaso, perguntei-lhe: "Sua mãe não é sua mãe de verdade, mas ela não maltrata você?" "Não, não me maltrata", disse ele, mas pareceu detestar aquela conversa.

Em outra ocasião qualquer, também fui à casa de Ei'ichi. Creio que eram duas da tarde de um dia ensola-

---

72. Pseudônimo de Sū Shì (1037-1101), renomado poeta e ensaísta chinês que fora aprovado como *jìnshì* com apenas dezenove anos de idade.
73. Tekona era uma donzela da cidade de Mama (atual distrito de Mama na cidade de Ichikawa, Chiba) a qual, apesar de desejada por todos os rapazes da cidade, acaba suicidando-se por afogamento devido aos maus-tratos de sua madrasta, sem nunca haver amado.

rado de agosto. Todos os apartamentos da mansão continham um pequeno jardim envolto por uma cerca de bambus. No jardim da casa dos Bitos haviam plantadas desordenadamente quatro ou cinco árvores que compraram na feira de algum templo ou santuário durante um dia festivo. O sol brilhava intenso sobre o chão de areia. Do gramado enxertado que havia no jardim principal da mansão ouvia-se o alto som das cigarras. A casa dos Bitos estava em silêncio, com a porta corrediça cerrada. Abri o pequeno e rústico portão feito de galhos, recortado no meio da cerca de bambus, e chamei por meu amigo, como sempre o fazia.

— Ei'ichi!

Não houve resposta.

— Ei'ichi não está?

A porta corrediça se abriu. Surgiu Hanno, com aquele seu cabelo repartido até a nuca. Era um homem de pele alva, ombros com curvas suaves e de alta estatura, o qual utilizava um imaculado dialeto de Tóquio.

— Ei'ichi não está. Venha até minha casa também para me visitar às vezes.

Disse isso e saiu em direção à própria casa, em uma das alas da mansão. Por todas as costas de seu *yukata*[74] tingido havia um desenho extravagante. A senhora Bito veio arrastando-se de joelhos até a porta.[75] Ajei-

---

74. Quimono leve de verão.
75. Nas casas tradicionais japonesas, com piso de tatame, é comum sentar-se no chão, e apenas arrastar-se de joelhos para percorrer pequenas distâncias.

tando com ambas as mãos as mechas laterais de seu penteado, um *marumage*[76] enfeitado com fita verde-prateada, dirigiu-se a mim. Embora ela aparentemente tivesse vindo havia pouco tempo para Tóquio, ela também falava um dialeto puro da cidade grande.

— Ora. Era você, Kanai? Bem, venha, pode entrar.
— Tudo bem. Mas, se Ei'ichi não está...
— O pai dele disse que estava indo pescar, e ele acabou indo atrás; mas você não quer entrar mesmo que Ei'ichi não esteja? Venha, pode se sentar aqui.
— Certo.

Sentei-me hesitante na varanda. A senhora arrastou-se novamente para fora, em um movimento lânguido, ergueu um dos joelhos e sentou-se ao meu lado, de modo a roçar seu corpo contra o meu. Senti o cheiro de suor, de pó de arroz e do óleo de seus cabelos. Esquivei-me um pouco para o flanco. Ela riu e eu não sabia por quê.

— Não sei como você consegue brincar com um garoto como Ei'ichi. Não existe criança mais enfadonha.

A senhora tinha os olhos, o nariz e a boca estupidamente grandes. Tive ainda a impressão de que sua boca era quadrada.

— Eu gosto muito de Ei'ichi.
— Pois eu o odeio.

---

76. Penteado atado em coque redondo e levemente achatado na parte posterior da cabeça, o qual era comumente usado por mulheres casadas.

Ela me fitava o perfil, quase que a pressionar-se contra minha bochecha. Seu hálito caía sobre minha face. Pareceu-me peculiarmente quente. Ao mesmo tempo, ocorreu-me de súbito que a senhora era uma mulher, e por algum motivo quedei-me apavorado. Suponho que cheguei a empalidecer.

— Eu volto outra hora.

— Ora, algum problema?

Levantei-me de modo atarantado, fiz três ou quatro reverências e saí correndo. Entre as árvores da mansão, havia uma pequena vala por onde a água do laguinho do jardim escorria, sobrepondo o banco de terra que fora construído para evitar justamente isso. No chão de areia desse local, coberto por cavalinhas verdejantes, uma das altas árvores ali transplantadas jogava sua sombra levemente inclinada para o oeste. Corri até a sombra e deitei-me sobre a areia, voltado para cima. Logo ao alto desabrochava uma grande concentração das flamejantes flores de trombeta-chinesa. As cigarras cantavam alto. Exceto por elas, nenhum outro som se fazia ouvir. Era a hora antes de Pã despertar.[77] Imaginei uma infinidade de coisas.

Desse dia em diante, quando conversava com Ei'ichi, eu tomava o cuidado de jamais mencionar sua mãe.

---

77. Na mitologia grega, Deus da natureza, da caça e da música. O autor refere-se à crença de que Pã costumava tirar a sesta, sugerindo que ainda não havia passado muito do meio-dia.

* * *

Fiz quinze anos.[78]

No ano anterior realizaram uma grande limpeza[79] na escola, de modo que houve alunos expulsos em todas as séries. E ocorreu que a maioria das vítimas era do grupo dos dândis. Mesmo um rapazinho pequeno como Hanyu fora eliminado.

Henmi também saiu da escola. Este havia se tornado um dândi em uma mudança radical no ano anterior, passando a usar quimonos de mangas mais compridas, *hakama* de bainha mais baixa e emplastrando com óleos aromáticos aqueles cabelos que antes pareciam uma palmeira a projetar-se contra os céus.

Nessa época fiz dois grandes amigos, Koga[80] e Kojima.[81]

Koga era um rapagão de malares salientes, com o rosto quadrado e encarnado. Fosse pelo modo como se vestia ou pelo fato de proteger um belo jovem cha-

---

78. Embora a cronologia da narrativa pressuponha que os eventos deste capítulo tenham se passado no ano de 1881, na verdade trata-se de eventos de 1878 (quando o próprio Ogai tinha na verdade dezessete anos).
79. Ogai refere-se à desistência compulsória dos alunos com notas insatisfatórias, prática comum à época.
80. Personagem baseada em Tsurudo Kako (1855-1931), médico formado pela Universidade de Tóquio que, após estudos em Berlim, introduziu a otorrinolaringologia no Japão. Foi amigo de Ogai por toda sua vida, sendo citado inclusive no testamento do autor.
81. Personagem baseada em Shujiro Ogata (1857-1942), também formado em medicina pela Universidade de Tóquio; acredita-se ter sido também a inspiração para o protagonista de *Gansos selvagens*, outra obra célebre de Ogai.

mado Adachi, qualquer um que o visse diria se tratar do mais reverberante do grupo dos broncos. Desde o outono do ano anterior, ele vinha tentando se aproximar de mim. Não pude deixar de manter a adaga sempre à mão.

Contudo, após a limpeza da escola, realizaram a realocação dos quartos do pensionato, e ocorreu de eu passar a dividir com Koga o mesmo alojamento. Na ocasião, Waniguchi se dirigiu a mim com a cor do escárnio lhe cobrindo a face:

— Pois é, então 'cê vai viver com o Koga e deixar ele cuidar bem direitinho de 'ocê? Ahahahaha.

Como das outras vezes, imitava o tom de meu pai. Waniguchi nunca me protegera uma vez sequer. Ser ignorado por ele era-me antes uma dádiva, todavia. Apesar de seu comportamento e sua fala *cynic* me causarem um permanente desconforto, ao menos sua personalidade era assaz acerba no geral. Certa vez um jovem poeta da mesma série lhe havia dedicado um poema, e dizem que na última estrofe constava: "Em noite tranquila/ que paira sobre os bambus/ além da janela,/ ele lê seu *Kanpishi*." As pessoas o temiam. E era assim que, de maneira indireta, ele acabava se tornando uma proteção para mim.

Mas eu agora precisava abandonar essa proteção indireta. Ademais, precisava mudar-me para o quarto de Koga, alguém deveras perigoso. Por reflexo, senti gelar-me o sangue.

Fiz minha mudança como se estivesse entrando no covil de um leão. Hanyu certa vez me dissera que meus olhos pareciam triângulos com a base soerguida — pois bem, suponho que com o pânico meus olhos enfim se tornaram um triângulo perfeito. Koga havia colocado um velho cobertor cinza frente a uma escrivaninha em péssimo estado, sobre a qual não havia livros nem outra coisa que fosse, e, sentado sobre o cobertor, permaneceu fitando-me enquanto eu entrava no quarto. Em seus olhos, pequenos e redondos em contraste com seu rosto enorme, abundava a cor da felicidade.

— Você vivia fugindo com medo de mim, mas finalmente veio até meu quarto, não é mesmo? Ahahahaha.

Ele desmanchou o rosto em um grande sorriso. Seu rosto era peculiar, contendo um ar bem-humorado e ao mesmo tempo severo. De qualquer modo, não parecia ser mau sujeito.

— Não tive escolha, me puseram aqui — ofereci uma resposta bastante insensível.

— Você pensa que eu sou igual a Henmi, não é? Mas eu não sou esse tipo de pessoa.

Mantive-me calado e comecei a organizar meu canto do quarto. Desde pequeno eu odiava deixar as coisas espalhadas pela casa. Desde que fui para a escola pela primeira vez, sempre mantive os objetos de aula muito bem separados do resto de minhas coisas. Por essa época eu já possuía um bom número de cadernos, até o dobro, estou certo, do que os demais estudantes. A razão para tanto é que eu mantinha dois para cada disciplina; levava-os ambos para a aula e, enquanto ouvia a lição, ia separando aquilo que julgava importante daquilo que serviria apenas como referência, anotando com a caneta em cada um dos dois cadernos que mantinha abertos sobre a carteira. Em compensação, diferentemente dos outros alunos, eu nunca passava a matéria a limpo depois de voltar para o pensionato. O que fazia em meu quarto era apenas pesquisar a origem greco-latina dos termos técnicos que aparecessem na aula do dia, colocando notas com tinta vermelha à borda das páginas. Fora da sala de aula, não fazia praticamente nada mais além disso. Sempre que alguém me dizia achar os termos técnicos difíceis de memorizar, eu não me aguentava de tanto achar graça. Queria lhes perguntar por que tentavam aprender os termos de forma mecânica, sem tentar pesquisar sua origem. Eu punha ambos os cadernos de cada disciplina em ordem na estante. Os frascos de tinta preta e vermelha, com a preocupação de que não entornassem, eu os colocava dentro de uma caixa de doces usada, organizados junto com as canetas no lado oposto da escrivaninha. No lado de cá, eu deixava estendida uma grande folha de papel mata-borrão. À esquerda da folha havia sempre empilhados dois livros de notas de capa grossa. Um era meu diário, no qual, antes de dormir, anotava com precisão os eventos de cada dia. O outro servia para anotações que não tinham relação com as aulas, em cuja capa eu inclusive escrevera, presunçoso, os caracteres *gàn zhū*[82], em estilo *tensho*.[83] Escondidos sob a escrivaninha, por fim, eu possuía cerca de dez volumes dos *Escritos de Teijo*.[84] Eram ensaios dessa sorte que os alugadores de livros daquela época tinham de mais sofisticado em seu acervo; e, para alguém como eu, que já havia me graduado nos romances de Bakin e de Kyoden, não havia nada mais que ler senão tais ensaios. Sempre que descobria algo de interessante nesses livros, anotava em meu *gàn zhū*.

Embora Koga observasse o que eu fazia apenas com um sorriso no rosto, ao perceber que eu escondia os *Escritos de Teijo* sob a escrivaninha, disse o seguinte:

— Que livros são esses?

— Os *Escritos de Teijo*.

— Sobre o quê?

— Esta seção é sobre vestimentas.

— E você lê isso para quê?

---

82. Nome de uma lendária gema chinesa que teria o poder de reavivar a memória de quem a tocasse. O próprio Ogai mantinha um livro de anotações que intitulou "pequeno *gàn zhū*".
83. Estilo antigo de escrita chinesa utilizado sobretudo durante a dinastia Qin (221-206 a.C.).
84. *Teijo Zakki*, obra em dezesseis volumes da autoria de Sadatake Ise (1715-1784). "Teijo" é apenas uma leitura alternativa do nome do autor, Sadatake. A obra registra em detalhes uma diversidade de informações sobre a classe militar do período Edo, incluindo costumes, cerimônias, festividades, listas de cargos oficiais, regulamentações, etc.

— Para nada.

— E qual é a graça, então?

— Se é para pensar assim, então também não tem graça nenhuma vir à escola para estudar. Afinal, a gente não está estudando com o objetivo de se tornar funcionário público ou professor.

— Se você se graduar, não vai se tornar funcionário público ou professor?

— Talvez me torne. Mas não é com esse objetivo que se estuda.

— Então você quer dizer que o estudo serve para ganhar conhecimento, ou seja, que é um fim em si mesmo?[85]

— É. Bem, é isso.

— Hum. Você é um pivete interessante.

Enfureci-me. Pontuar a conversa com alguém com quem se fala pela primeira vez chamando este de "pivete interessante" é uma opção por demais irreverente. Fitei meu interlocutor com meus olhos triangulares. Koga permaneceu tranquilo, sorrindo. Sentindo-me afrouxar, não consegui odiar esse cândido homenzarrão.

Foi ao anoitecer desse dia. Koga convidou-me para darmos uma caminhada juntos. Waniguchi, ainda que tivéssemos vivido no mesmo quarto por um longo

---

85. Este argumento sobre a finalidade do estudo seria uma afronta de Ogai à ideologia do início da era Meiji, representada sobretudo pelo educador Yukichi Fukuzawa (1835-1901), que tinha uma visão utilitarista do ensino.

tempo, jamais me houvera feito tal convite. Pensei que, pois bem, dar-lhe-ia uma chance, e concordei em sairmos.

Era uma noite agradável de início de verão. Caminhamos pela avenida de Kanda. Ao passarmos frente a uma loja de livros usados, parei para bisbilhotar. Koga bisbilhotou comigo. Naqueles tempos, podia-se comprar uma coletânea de poemas de algum autor japonês por cerca de cinco centavos, por exemplo. No início da avenida de Yanagiwara havia uma praça. Ali encontramos um grande guarda-chuva aberto, sob o qual faziam doze ou treze belas meninas dançarem o *kappore*.[86] Mais tarde, quando viesse a ler o *Notre--Dame* de Victor Hugo e encontrar na obra uma jovem com nome de pedra preciosa, algo como Émeraude[87], lembrar-me-ia dessas meninas, e viria a imaginar que a heroína da história também era o tipo de pessoa que dançaria o *kappore* sob um guarda-chuva como aquele. Koga disse o seguinte:

— Não sei quem são essas meninas, mas dá pena ver o que as forçam fazer.

— Os chineses são muito piores, você não acha? Ouvi uma história de que alguém uma vez colocou

---

86. Dança cômica de rua criada no final do período Edo e popular até o final do século XIX, realizada sob um grande guarda-chuva, como aqui descrito.
87. O autor refere-se a *Notre-Dame de Paris* (1831), obra cuja heroína chama-se Esmeralda, inclusive em francês. Aqui, Ogai erroneamente a denomina com a palavra francesa para a pedra preciosa.

um bebê em uma caixa para fazê-lo crescer quadrado, e depois exibi-lo como aberração; eu não duvido que seja verdade.

— E de onde você tirou essa história?

— Está nos *Novos registros de Yú Chū*.[88]

— Você lê umas coisas bem esquisitas. Que pivete interessante.

Koga insistia dessa maneira com seu "pivete interessante". Caminhávamos de Yanagiwara até os lados de Ryogoku quando ele estacou frente ao luminoso de uma tenda de pescados.

— Você vai comer enguia?

— Vou.

Koga entrou na tenda. Pediu uma porção grande. Quando chegou a bebida, pareceu beber faceiro consigo mesmo. Logo se lhe prendeu o catarro à garganta. Pensei que iria pigarrear, mas o catarro sem demora saiu voando para o terreno do outro lado, para além da cerca de bambu que contornava o pequeno jardim fora da varanda. Observei estupefato. Chegaram as enguias. Até então, eu só havia ido uma vez a um lugar como esse para comer enguias, levado por meu pai. Eu já havia me espantado quando Koga entregara o dinheiro e ordenara para que lhe assassem quantas enguias pudessem, mas me espantei ainda mais quando vi o modo

---

88. *Gusho Shinshi*, que serviu de inspiração para os *Novos registros nipônicos de Yú Chū*, de Sankei Kikuchi. Vide nota 89.

como comia. Primeiro removia os espetinhos. Em seguida, dobrava cada um dos compridos pedaços de peixe com os pauzinhos e os enfiava inteiros na boca, estufando as bochechas. Não cheguei a lhe dizer, mas observava achando-o um sujeito deveras interessante.

Sem mais, voltamos ao pensionato. Ao nos deitarmos, ele me disse: "Me chama amanhã de manhã. Estou contando com você", e caiu logo em sono pesado.

O dia lá fora começava a clarear já por volta das quatro horas. Eu levantei-me às seis. Fui lavar o rosto e voltei para o quarto para ler um livro. Às sete deram o sinal para a merenda da manhã, batendo ritmadamente dois pedaços de pau. Acordei Koga. Ele abriu os olhos com cara de sono.

— Que horas são?
— Sete.
— Ainda é cedo.

Koga revirou-se na cama e voltou a ressonar. Fui tomar o café da manhã. Voltei trinta minutos depois. As aulas começavam às oito. Acordei Koga.

— Que horas são?
— Sete e meia.
— Ainda é cedo.

Chegaram os quinze minutos para as oito. Apanhei cadernos e tinta que havia organizado na noite anterior enquanto consultava a grade de horários, e acordei Koga.

— Que horas são?
— Faltam quinze minutos.

Ele saltou da cama sem dizer nada. Agarrou papel e toalha e saiu correndo. Era a partir dessa hora que ia ao banheiro, lavava o rosto, tomava o café e enfim ia às pressas para a sala de aula.

Era assim a vida cotidiana de Kokusuke Koga. Vez por outra vinha até o quarto um de seus amigos, um tal Jujiro Kojima. Este era um rapaz com o rosto tal como os Genjis[89] pintados em *nishiki-e*, que se podia encontrar à venda nas tendas de *ezoshi* da época. O corpo inteiro era de uma alvura pálida. Seu apelido era Serpente Pálida, mas se irritava se o chamassem assim. Dizem que esse nome lhe foi dado quando viram certa parte de seu corpo no banho público, portanto é evidente que ele haveria de se irritar. Kojima não bebia muito. Seu modo de falar e de se portar também era como o de um nobre. Era um ocidentólogo afamado, irmão mais novo de um oficial do governo nomeado pela corte imperial. Dizem que se chamava Jujiro por ser o décimo segundo filho.[90]

A primeira coisa que me perguntei era como Koga e Kojima tinham se tornado amigos. Pois bem, ao

---

89. Protagonista de *Genji Monogatari* [O conto de Genji], século XI, cuja autoria é atribuída a Murasaki Shikibu. A comparação sugere que Jujiro era um jovem de extrema beleza. Os *nishiki-e* mais comuns à época mostravam um Genji de pele alva, rosto comprido e nariz bem delineado.

90. Personagem baseada em Koreyoshi Ogata (1843-1909), que, após estudos na Holanda, tornou-se o primeiro médico oficial da corte imperial japonesa a praticar medicina ocidental. Embora o pseudônimo criado para esta obra, Jujiro, signifique justamente "décimo segundo filho", a personagem real era na verdade o segundo filho de sua família.

analisá-los cada vez mais, descobri-lhes um ponto em comum.

Koga estimava seu pai ao extremo. Em contrapartida, seu pai sentia muito pela morte prematura do irmão mais novo de Kokusuke, o qual era um prodígio, e aparentemente tratava o primogênito como um imprestável.[91] Kokusuke imaginava que, quanto mais fosse tratado como imprestável, mais ele deveria buscar compensar para seu pai o vazio deixado pelo filho perdido, aliviando-lhe assim o coração. Kojima tinha apenas sua mãe, pois o pai era falecido. A mãe criara mais de uma dezena de filhos sozinha. Ela também parecia preferir o décimo terceiro filho, Juzaburo[92], por este demonstrar muito mais talento. Se Juzaburo era um prodígio, no entanto, era também um tanto inconsequente: envolvera-se em tumulto para conquistar a mulher de alguém de uma casa de jornais[93], e acabou caricaturizado em um tabloide. A mulher era empregada de um homem que possuía uma dessas casas e, assediada por seu chefe, que chegava a ser trinta anos mais velho, acabara se entregando a ele e se tornando sua concubina. Como ela se apaixonara posterior-

---

91. O irmão do próprio Tsurudo Kako, em quem a personagem de Koga é baseada, haveria falecido aos quinze anos de idade. Chamava-se Atsuo Kako (1858-1872).
92. Personagem baseada em Juzaburo Ogata (1858-1886), caçula da família Ogata que também era o décimo terceiro filho.
93. Estabelecimentos populares no Japão durante a era Meiji, que disponibilizavam jornais para leitura comunitária (gratuita ou mediante pagamento de uma taxa).

mente por Juzaburo, seu senhor começou a maltratá-la por ciúmes. Ela ia se lamentar com Juzaburo. Como ele provinha de uma família que havia sido nomeada pela própria Corte, tornou-se ótima fonte de assunto para os jornais. Em virtude disso, Juzaburo terminou sendo expulso de certa família influente que o havia acolhido para patrocinar seus estudos. Sua mãe condoía-se pelo martírio do filho. E era Jujiro quem buscava, com todas as suas forças, consolar a pobre mãe.

Ao escrever coisas desse modo descontraído, pode parecer que me desvio do assunto, que isso não possui nehuma relação com minha vida lasciva; mas, na verdade, não é bem assim. O que escrevo possui, sim, uma relação importantíssima.

Gradativamente fui me sentindo mais confortável perto de Koga. E, por influência de Koga, sentia-me mais confortável perto de Kojima também. Foi assim que criamos uma aliança tríplice.

Kojima era um "donzelo". Sua vida lasciva era nula.

Koga geralmente bebia antes de deitar, e depois dormia um sono pesado. Cerca de uma vez por mês, contudo, tinha um dia de loucura. Em tais dias, dizia-me: "Esta noite eu vou ficar louco, então você durma quietinho", e saía pelo corredor fazendo soar seus passos. Se ele chamava alguém pelo lado de fora do quarto e não lhe abriam a porta, talvez por estarem dormindo, havia vezes em que ele arrombava a porta a socos. Era provavelmente em noites assim que ele ia se infiltrar no quarto de Adachi, o belo rapazinho de série mais baixa. Nos dias de loucura, ele de vez em quando dormia fora. Voltava no dia seguinte, abatido, lamentando-se de que na noite anterior havia se tornado uma besta selvagem.

A besta selvagem da lascívia de Kojima ainda estava dormindo. Embora a besta de Koga estivesse aprisionada, vez por outra rompia os grilhões e enlouquecia. Não obstante, à mesma maneira que uma pequena parcela dos cavalheiros de hoje em dia decide manter imaculado somente o seio do próprio lar, o próprio quarto lhe era sagrado. Por acaso coube a mim dividir com ele esse espaço sagrado.

Nós três, Koga, Kojima e eu, víamos todo o pensionato com frieza. Bastava termos alguma folga para nos reunirmos. Os estudantes que mantinham a besta de sua lascívia sempre à solta não recebiam o mínimo perdão quando frente a estes *triumviri*. Entre eles havia o bando dos que saíam todos os sábados à tarde com seus *tabi* brancos — a esses dizíamos que não eram sequer humanos. A expansão de minha vida lasciva se deveu por completo a essa aliança tríplice. Ao pensar mais tarde a respeito, percebo que, caso Koga não fizesse parte da aliança, ele talvez houvesse se tornado lúgubre e anêmico. Por sorte Koga, com seus dias de loucura, era um de nossos membros, garantindo ao mesmo tempo que impuséssemos sanções uns aos outros e que não se perdesse a vitalidade do grupo. Ocorreu em um sábado qualquer. Decidiu-

-se que íamos juntos até Yoshiwara. Koga serviria de guia. Saímos todos os três de *hakama* de *kokura* e *tabi* azul-escuros, fazendo soar nossos tamancos com dentes grossos de madeira de magnólia.[94] Atravessamos Negishi desde o Monte Ueno, dobrando à direita em Torishinmachi. Passamos pelo Grande Portão ao lado do arroio Ohaguro.[95] Andamos altivos por Yoshiwara, de alto a baixo. Pobres dos estudantes dândis que se deparassem conosco! Observando seus *tabi* brancos quebrando furtivos a esquina em alguma transversal, gargalhávamos os três em uníssono. Nesse dia, enfim, separei-me do grupo e, tomando uma barqueta no ponto de embarque de Imado, atravessei o canal de San'ya rumo a Mukojima.

Nas férias de verão do mesmo ano, e tal como havia feito no ano anterior, passei o tempo todo na casa de meus pais em Mukojima. Nessa época ainda não acontecia de estudantes irem para uma fonte termal ou para a praia no ápice do calor. Meus pais estiveram exultantes com meu regresso. Não conseguiam

---

94. Calçado típico dos "broncos" da época.
95. *Ohaguro* era como se chamava a solução de acetato férrico usada para pintar os dentes de negro até meados do século XIX. Como a prática era bastante comum entre as prostitutas, o arroio de águas turvas e lamacentas que cercava Yoshiwara fora batizado com o nome do cosmético. Acredita-se que, além de servir de escoadouro, o arroio também tinha a função de impedir que as prostitutas escapassem das casas de perdição. O grande portão aqui mencionado era a entrada principal para Yoshiwara.

imaginar maior deleite que ver um rapazinho como eu, filho de um *han'ninkan*, voltar para casa nas férias.

Tal como antes, continuava divertindo-me com Ei'ichi Bito. Sua mãe não morava mais por ali, contudo. Surgiram alguns boatos maliciosos, de modo que Hanno acabou perdendo o emprego e voltando para sua terra. A senhora Bito também foi forçada a voltar para seu lugar de origem.

Eu competia com Ei'ichi nas composições em chinês. Arroubados[96] pelo passatempo, chegávamos a dizer que a todo custo nos tornaríamos de verdade professores de chinês clássico.

Nessa época havia em Mukojima um professor Bun'en.[97] Tinha sua morada em um terreno de frente para o dique do rio Sumida, cerca de duzentos metros além de um arrozal. Além da construção maior, de dois andares, havia ainda uma sala de estudos anexa, voltada para o pequeno lago do jardim. Tinha um armazém repleto de livros chineses, os quais emprestava a seus alunos um volume por vez. Imagino que o professor tinha quarenta e dois, quarenta e três anos. Além da esposa, de cerca de trinta anos, moravam na casa principal suas duas — não, três — filhas muito

---

96. O autor aqui faz um jogo de palavras, utilizando um ideograma diferente para escrever *kojite* ("enlevados", "exaltados") e com isso transmitindo a ideia de estarem ao mesmo tempo "perplexos" com o próprio passatempo.
97. Personagem baseada em Gakkai Yoda (1833-1909), sinólogo e crítico de dramaturgia que instrui Ogai sobre sinologia entre 1875 e 1881.

delicadas. O próprio professor estava sempre na sala de estudos, conectada à casa por um corredor aberto. Tinha o cargo de editor oficial. Seu salário era de cem ienes por mês. Ia ao trabalho em riquixá particular. Meu pai o invejava, dizendo que esse sim era um homem afortunado. Naqueles tempos, era possível ser afortunado com apenas cem ienes por mês.

Fiz com que meu pai pedisse ao professor Bun'en que me deixasse frequentar sua casa para que me corrigisse os textos em chinês que eu escrevia. O estudante que servia de ajudante em sua casa guiava-me até a sala de estudos. Não importando quão comprido fosse o texto que eu trouxesse, o professor apenas perguntava: "Qual?", e o tomava de mim. Empunhava uma caneta vermelha. Cortava o texto a partir de uma das margens. Enquanto o fazia, já ia corrigindo. Terminava de ler ao mesmo tempo que terminava de corrigir. Ainda que houvesse algum *jigan*[98], uma vez que ele ia incluindo marcas no papel, praticamente nunca corria o risco de destruir a coerência do texto. Vindo a frequentar sua casa, não tardou para que eu me deparasse com a jovem de dezesseis ou dezessete anos de penteado com coque baixo[99] que vinha lhe servir comida. Após voltar para casa, contei a mamãe que havia visto a filha mais velha do professor, mas ela me

---

98. Em chinês, zìyǎn. Caractere especial em poesia chinesa que, caso removido, pode comprometer a qualidade da composição.
99. Indicação de que a moça era solteira.

disse que aquela era sua criada. Ela estava utilizando a palavra "criada" com um sentido especial.

Certo dia encontrei um dos livros chineses do professor parcialmente visível sob a escrivaninha, e reparei que se tratava de *A flor de ameixeira no vaso de ouro*. Embora eu houvesse lido apenas a versão de Bakin[100], eu já sabia que o teor da história original era bastante diferente. Foi então que pensei que o professor não era exatamente a pessoa que parecia ser.

* * *

Aconteceu no outono do mesmo ano. Koga andava de mau humor. Pensei que poderia ser alguma doença, mas não era. Certo dia, quando saímos juntos para caminhar e passávamos por Ikenohata, ele disse o seguinte:

— Hoje eu vou me aventurar em Nedzu, não quer ir comigo?

— Se você voltar comigo, posso ir.

— Volto, sim.

Em seguida Koga começou a explicar o objetivo de sua expedição, enquanto caminhávamos. Adachi ha-

---

[100]. No original, *Kinpeibai*, título japonês de *Jīn Píng Méi*, romance chinês datado do final da dinastia Ming, de autoria desconhecida e famoso por conter descrições explícitas de atos sexuais. A "versão de Bakin" refere-se a *Shinpen Kinpeibai*, adaptação feita por Bakin na qual o palco da narrativa foi transferido para o Japão do período Edo, e as cenas eróticas atenuadas.

via se envolvido de maneira terrível com a *oshoku*[101] de uma casa chamada Yawataro.[102] Como a mulher teimava com ele[103], Adachi já havia na prática abandonado por completo os estudos. No quarto da mulher havia inclusive um pijama para ele. Em todos os seus pertences ela já havia entretecido a seu brasão de família o brasão do próprio Adachi. Se não via o rosto do jovem por dois ou três dias, era acometida por espasmos no peito e no abdome. Por mais que Koga tentasse impedir Adachi, a força magnética da mulher era demasiadamente grande, e este sempre era atraído de volta a Yawataro. Koga decidiu *denunciate* o caso aos pais de Adachi, em Asakusa. Houve uma discussão lamentável entre Adachi e sua mãe. Nesse dia Koga aguardou o retorno de Adachi ao pensionato para lhe perguntar: "Que tal?" O outro respondeu que não sabia por qual caminho seguir. "Hoje minha mãe chorou, foi terrível. Quando minha própria mãe me diz que vai morrer de tanto chorar, é verdade que isso até me parte o coração. Mas mulheres são assim mes-

---

101. Contração de *oshokujoro*, alcunha pela qual eram conhecidas as prostitutas mais famosas de Yoshiwara. Mais tarde o termo passou a ser empregado também para prostitutas de outras partes.
102. "Torre das Oito Bandeiras", grande prostíbulo da época, que chegava a contar com 24 meretrizes, um número bastante maior que boa parte das outras casas.
103. Expressão utilizada entre os frequentadores da zona do meretrício da época. Dizia-se que uma prostituta "teimava com" um cliente quando lhe tinha preferência, e chegava inclusive a "teimar" em pagar-lhe a conta da casa quando o recebia.

mo, dizem que podem morrer de tanto chorar; não há o que fazer", foi o que parecia haver concluído.

Koga me contou isso derramando lágrimas de tanta raiva. Prestando atenção a sua história enquanto caminhávamos, eu disse: "De fato, é horrível isso." Embora eu falasse assim, minha cabeça não estava tomada pela raiva. O belo sonho sobre esse algo chamado "paixão" permanecia oculto de modo permanente no fundo de minha consciência. Depois de eu haver tomado novamente o *Calendário das ameixeiras* emprestado para reler, já havia feito um amigo dedicado aos estudos da sinologia, e portanto lera também *Outras histórias do corte do pavio*. Lera *História não oficial das montanhas Yān*. Lera *Histórias de amor*.[104] A paixão *naively* de jovens moças e rapazes que aparece descrita nesses livros é extremamente invejável, até mesmo detestável. Logo, como eu não nascera belo em absoluto, sentia que esse algo belo tornava-se apenas um ideal inatingível, e no recôndito de minha mente convivia com uma dor incessante. Não conseguia impedir-me de refletir, portanto, que Adachi era decerto muito feliz, pois, mesmo supondo que sentisse alguma dor, sua dor era antes uma dor doce, e não uma

---

104. *Sento Yowa* (transcrição fonética em japonês da obra chinesa *Jiǎndēng Yúhuà*), coletânea de contos fantásticos de alto teor moralista, compilada por Zhēn Lǐ (1376-1452). *Enzan Gaishi* (*Yānshān Wàishǐ*, em chinês), de Qiú Chén (?-?). *Joshi* (*Qíngshǐ*, em chinês), coletânea de contos românticos baseados em histórias verídicas compilada por Mènglóng Féng (1574-1645).

dor amarga que o espreitasse do fundo de sua mente. Ao mesmo tempo também pensei no seguinte: o caráter inocente ao extremo de Koga era de fato adorável. Todavia, ao refletir sobre a origem de sua agonia por Adachi, não se achava em sua atitude nada digno de compaixão. Adachi não fez senão escapar de um amplexo[105] antinatural e correr para o seio da naturalidade. Se Koga tivesse falado sobre isso com Kojima, é possível que ambos houvessem vertido lágrimas juntos. O amor filial é algo sublime, sem igual neste mundo. Estaria excelente se, graças ao amor filial, seu desejo sexual fosse pouco a pouco se atenuando. Não é de espantar que haja pessoas incapazes de lograr esse feito, no entanto. Kojima fazia de seu desejo sexual uma latrina escavada na terra. Já Koga fazia do seu desejo o balde do banheiro do pensionato, que vez por outra era limpo. Para mim, que estava aliado a esses dois, talvez fosse uma habilidade louvável manter-me sem buscar saciar meu próprio desejo sexual da mesma maneira. Era algo assaz intrigante. Tivesse eu nascido com a beleza de Kojima, porventura não seria como ele. À frente do púlpito de nossa sagrada aliança, eu despendia conjecturas assim *heretical*.

Seguindo os passos de Koga, cruzei pela primeira vez a ponte de Aizome. Koga entrou em uma peque-

---

105. O autor aqui cria uma palavra nova para abraço, utilizando os ideogramas de "contornar" e "envolver". A palavra nunca foi dicionarizada. O "amplexo antinatural", evidentemente, refere-se à relação homossexual com Koga.

na casa no lado oeste e pôs-se a falar com alguém da loja. Eu me mantive à porta. Tratava-se de uma casa de chá de guia.[106] Koga estava confirmando quando e por quantos dias Adachi estivera por ali. A pessoa da loja lhe respondia de modo lasso. Passado algum tempo, Koga veio para fora, abatido. Tomamos o caminho de volta calados.

Não tardou para que Adachi fosse expulso da escola. Menos de um ano depois, ouvi boatos de que havia no bairro de Asakusa um belo policial que causava comoção entre as babás e as viúvas do lugar. Mais anos se passaram e, na área de Okuyama, em Asakusa, Koga avistou um homem de rosto descarnado e escuro como um pedaço de *tozan*.[107] Havia em Okuyama uma mulher que montara uma pequena casa para exibir seus espetáculos de acrobacia, e parece que o fim miserável de Adachi foi como amante dela.

* * *

Fiz dezesseis anos.

Nessa época graduei-me na escola de inglês, que servia também de escola preparatória para a universidade, e ingressei na Faculdade de Ciências Humanas.

---
106. Casas de chá que servem de fachada aos prostíbulos mais requintados, onde se mantém uma atendente à porta para guiar os clientes aos quartos das prostitutas.
107. Tecido azul-escuro de algodão, com listras vermelhas, marrons ou turquesa.

Depois das férias de verão, acabei alugando um canto para mim. Eu ia todas as noites com Koga e Kojima para a zona dos teatros. Houve um período em que isso se tornara um vício, tanto que eu nem sequer conseguia dormir caso não fosse antes aos teatros. Quando me cansei dos *koshaku*, passei a assistir a *rakugo*. Quando me cansei dos *rakugo*, passei a ouvir as *onna-gidayu*.[108] Voltávamos dos teatros de estômago vazio e, se entrávamos então em uma casa de *soba*, havia vezes em que aparecia algum cafetão com uma revoada de bacuraus[109]; nós, observando a figura do pandemônio sob a luz da lamparina, por reflexo nos atemorizávamos. Acabávamos contudo sem nunca subir nos riquixás que diziam: "Faço barato até Naka!"[110]

Que tenham saído da escola de inglês ainda donzelos, creio que havia apenas Kojima e eu. Mesmo após eu ter ingressado na Faculdade de Ciências Humanas, as sanções da aliança tríplice permaneceram

---

108. *Koshaku*: atração de teatro em que um artista lê romances de guerra em voz alta para o público. *Rakugo*: uma das formas tradicionais de teatro no Japão, em que um único ator interpreta monólogo cômico. *Gidayu*: outra forma tradicional de teatro, caracterizada por um monólogo com entonação peculiar e acompanhamento de *shamisen* (instrumento de três cordas japonês semelhante a um banjo). *Onna-gidayu*: designa o mesmo tipo de apresentação, porém com o monólogo sendo entoado por uma mulher — algo menos comum.
109. No original, *yotaka*, ave da família *Caprimulgidae*. Modo como eram chamadas as prostitutas de mais baixa reputação, que ofereciam seus serviços diretamente na rua.
110. Outro nome pelo qual era conhecido o bairro de Yoshiwara.

como antes, e Kojima e eu éramos como o Antigo Amo.[111]

Esse ano chegou ao fim sem que ocorresse nada sobre que pudesse escrever.

* * *

Fiz dezessete anos.

Nesse ano, meu pai, graças ao favor de alguém, arrumou emprego no presídio de Kosuge. Até então ele era um oficial do governo de escalão inferior em algum ministério, mas já havia atingido seu teto e não conseguiria mais promoções. Como funcionário do presídio, por outro lado, tinha direito a uma casa fornecida pelo governo e, morando lá, não precisaria mais pagar aluguel em Mukojima. O salário também era um pouco melhor. Foi resoluto, portanto, que mudou-se para a área de Kosuge. Eu ia nos sábados para lá, voltando para meu próprio canto na noite de domingo.

Assim como antes, mantinha-me sob as sanções da aliança tríplice. Chegando o dia anterior ao da folga, toda vez que regressava para Kosuge eu passava por

---

111. Transcrição japonesa do nome do general chinês Mēng Lǔ (178-219). Conta-se que o diplomata Sù Lǔ (172-217), em reencontro com Mēng Lǔ após longo tempo, surpreendera-se com o modo como este havia se tornado um homem mais culto, não sendo mais o "Antigo Mēng". A expressão até hoje é utilizada para designar alguém que nunca evolui.

Toorishinmachi. No lado sul da esquina que dobrava na direção de Yoshiwara havia um pequeno santuário com muro de pedra e, no lado norte, uma loja de artigos usados. Esta loja mantinha a porta corrediça sempre parcialmente cerrada. Em uma das arestas dela se encontrava colado um papel retangular com os caracteres de "Akisada"[112], à guisa de placa comercial. Toda vez que eu ia a Kosuge, ansiava passar frente a essa porta, tanto no caminho de ida quanto no de volta. Sentia-me de algum modo deleitado por uma semana se à abertura da porta encontrasse determinada moça em pé; caso ela não estivesse, por uma semana sentia-me de algum modo insatisfeito.

Suponho que essa moça não era assim tão exuberante. Mas, em seus olhos delineados, que reluziam como gotas de orvalho pendentes do rosto levemente enrubescido, existia uma afabilidade que não se pode adjetivar. Prendia o cabelo não untado no estilo *shimada*, sem penduricalhos vermelhos ou nada dessa sorte. No verão vestia um *yukata* exuberante. No inverno optava por roupas tal como um *meisen*[113] ornado com *han'eri*.[114] Estava sempre com um avental novo.

É certo dizer que, desde essa época até muito tempo depois, quando me graduaria na universidade — não,

---

112. Loja que de fato existiu no local indicado. "Akisada" era o chefe da família que mantinha o estabelecimento, família pela qual Ogai era inclusive bastante querido, conforme permitem julgar as correspondências do autor.
113. Tecido de seda fiada resistente e barato.
114. Gola postiça usada sobre a gola do quimono, tanto como enfeite quanto para proteger o tecido.

eu diria até dois anos mais tarde, quando viajei para o Ocidente —, eu fiz dessa moça a heroína de meus belos sonhos. Fosse a natureza sensual da primavera ou a natureza solitária do outono, sempre que algo movia meus sentimentos mais delicados, por reflexo o nome Akisada vinha-me aos lábios. O que era uma circunstância deveras tola. Isso porque Akisada não passava do nome da loja daquele senhor macilento e de avental azul-escuro que volta e meia eu via frente ao estabelecimento, bem como do próprio nome desse senhor. Como se chamava a moça, nem sequer isso eu sabia. Mas que era fantástico, era. Desde que eu memorizara seu rosto até durante mais de quatro anos, ela permanecera a mesma moça. O fantástico não era o fato de que ela permanecesse a mesma moça dentro de meus devaneios, mas sim que essa moça fosse alguém que de fato existia. Nesses meus belos sonhos de que falei, cheguei a pensar certa vez se porventura a moça não estaria esperando que um dia eu fizesse parar o riquixá que me levava até Kosuge e viesse falar com ela. Contudo, eu não conseguia me tornar um poeta a ponto de acreditar nisso de plena consciência. Após transcorrer um bom número de anos eu enfim ouvi por acaso sobre sua identidade. Ela estava sob a tutela do chefe dos monges de um templo que havia perto dali.

Aproveitando a história enfadonha, contarei outra similar. Ao lado da casa onde meu pai estava morando em Kosuge, havia uma menina de cerca de treze anos. Ela aprendia a tocar o *koto*.[115] Sua professora era da área de Shitaya, uma tal de senhora Sugise, mas, como morava muito longe, sempre vinha uma de suas aprendizes para lecionar em seu lugar. De acordo com mamãe, estivesse tocando a menina que morava ao lado ou a aprendiz da professora que vinha para lhe dar aulas, não havia diferença, visto que nenhuma delas conseguia soltar uma nota que prestasse. Isso até certo dia, quando ouviu-se uma melodia de todo diferente. Podia-se dizer que, se as notas de até então eram sonolentas, nesse dia fizeram-se bastante despertas. Mamãe comentou sobre isso com a mãe da menina, a qual revelou então que quem havia tocado não fora nenhuma professora de *koto*. Era também aprendiz da senhora Sugise, e morava na área de Gokencho. A aprendiz que sempre vinha para dar aulas caíra doente, e por isso em seu lugar viera de bom grado essa outra. Aconteceu que essa moça habilidosa com o *koto* ouviu dizer que minha mãe lhe tecera elogios, e decidiu que gostaria de vir tocar para nós.

Ela passou a aparecer com certa frequência, de modo que por vezes eu a encontrava nos fins de semana, quando voltava para a casa de meus pais. A moça parecia ter a cabeça de alguém que fora *hydrocephalus* quando pequena; seus cabelos eram um tanto ralos, sua tez, pálida, e a região abaixo das pálpebras continha um tom violeta.

---

115. Instrumento de cordas tocado apoiado sobre o chão, com um plectro.

Seu temperamento era pertinaz ao extremo. Quanto ao *koto*, sem dúvida recebera a dádiva de ser uma virtuose. Se por acaso quisesse ganhar a vida por meio do *koto*, imagino que poderia muito bem sair das saias de sua professora e criar escola própria.

A moça foi se tornando cada vez mais íntima de minha mãe, tanto que certa ocasião, fazendo rodeios ao iniciar uma conversa — conquanto estivesse de fato resoluta —, chegou a sugerir-lhe que gostaria de se tornar minha esposa. Mamãe disse que, embora eu precisasse viajar para o Ocidente depois de concluir a universidade, tudo dependeria de minha nota no teste final de graduação, e não sabíamos se eu conseguiria bolsa de estudos do governo, ou o que mais poderia acontecer. A moça então afirmou que, se tivesse o dinheiro necessário, daria-o todo para mim para que eu o utilizasse nos estudos.

À mamãe agradava essa perspicácia da moça. Experimentou perguntar-lhe então sobre suas origens. Orei[116], como se chamava, era filha de uma família da classe samurai que desempenhara importante papel na época do governo militar e, havendo lhe falecido o pai, morava com a mãe em uma casa alugada na área de Gokencho. O curioso era que junto delas vivia também

---

116. Acredita-se que a personagem tenha sido baseada em Seki Kodama, que mantivera um longo e secreto relacionamento com o autor entre o fim de seu primeiro casamento, quando este tinha 28 anos, até a concretização do segundo, treze anos depois, e também era uma prodígio musical. Apenas a descrição física não é correta, pois Seki era uma bela moça, ao contrário do que Ogai tenta fazer parecer na obra.

um homem a quem Orei chamava apenas de irmão, o qual parecia ser simpático em bom grau, e que era feito de criado pela moça. Acontece que o rapaz era na realidade um filho adotado com o propósito de futuramente ser casado com Orei.[117] Embora isso fosse verdade, Orei não queria tornar-se esposa do sujeito, e preferia antes deixá-lo como herdeiro da família enquanto ela própria sairia de casa para casar-se com outra pessoa. Orei disse ainda que seu desejo era arrumar um marido que viesse a ter ao menos o título de bacharel. Ocorreu de eu encaixar-me nesse modelo.

O que não agradava à minha mãe era o fato de existir esse tal irmão. Eu, embora não desgostasse de uma moça perspicaz e enérgica como ela, não tinha a intenção de arrumar uma esposa assim tão cedo, de modo que, antes mesmo de a conversa chegar a qualquer lugar, acabou desaparecendo como água drenada pela areia.

É evidente que isso não foi nenhuma questão sexual. Tampouco se pode dizer que foi uma questão romântica. Conquanto, para dizer a verdade, não tenha passado de uma proposta de casamento interrompida tão logo fora lançada, escrevi-a aqui porque me veio à mente. Orei tornou-se esposa de um bacharel, tal como era seu desejo, e hoje vive nas proximidades de Yokohama.

* * *

---

117. Prática ainda hoje comum em famílias que não possuem filhos homens.

Fiz dezoito anos.

Este foi um evento que ocorreu durante as férias de verão. Por estar se aproximando o exame de graduação, pensei que gostaria de estudar em um local mais tranquilo que de costume. Fortuitamente a casa de Mukojima estava vazia, pois não encontraram novos inquilinos. Instalei-me na velha casa com meus livros. Minha mãe vinha dois ou três dias para me ajudar com as tarefas domésticas. No entanto eu lhe disse que bastava comprar os ingredientes, que eu mesmo cozinharia. Mamãe afirmou que isso não tinha cabimento.

O jardineiro da casa ao lado ouviu nossa conversa. Como no passado meu pai o consultava sobre as coisas que plantava no quintal, o jardineiro já havia se tornado bastante amigo de nossa família. A esposa desse senhor, por querer ajudar, fez a seguinte proposta: eles tinham uma filha que faria catorze anos, Ocho. Seu corpo era grande como se já tivesse uns dezesseis, mas era de fato uma criançola. Não sabia nem cozinhar direito. Não obstante, deveria ser melhor que um rapaz como eu, disse a mulher. Queria nos emprestar a filha como criada. Mamãe assentiu. Apesar de desde o princípio eu haver me oposto a manter uma mulher em casa, por se tratar de Ocho, a quem já conhecia de colo quando era apenas um bebê de nariz a escorrer, também eu assenti.

Ocho vinha pela manhã e voltava à noite. Era uma mocinha roliça, em cujo grande rosto se afixavam olhos e nariz miúdos. Seu nariz já não escorria mais. Prendia o cabelo no estilo *shimada*. Ouvi dizer que pedira para que o prendessem assim ao saber que ia se tornar minha empregada, mas o pequeno coque do penteado por cima de seu grande rosto dava-lhe uma aparência por demais cômica.

Na hora das refeições, Ocho me servia. Observando-a parada junto a mim, tive a impressão de que tratava-se antes de uma mariposa[118] que de uma borboleta. Observando-a sem querer, acabava mirando-lhe o rosto. Como os olhos horizontais encontravam-se por baixo das sobrancelhas um tanto voltadas na vertical, a borda daqueles, próxima ao nariz, se mostrava peculiarmente estreita. Ao vê-la voltá-los para cima tencionando fitar-me, encontrava nela uma afabilidade com um quê cômico.

Ocho trabalhava bastante. Eu apenas pedia-lhe que ficasse por perto na hora das refeições para me servir, não me importando com o que fazia nos demais momentos. Quando ela vinha me perguntar o que eu iria querer naquele dia, dizia-lhe que qualquer coisa estava bom, que preparasse qualquer comida que costumava fazer em sua casa. Desse modo passaram cerca de duas semanas.

---

118. O ideograma do nome de Ocho significa "borboleta".

Certo dia veio Ei'ichi Bito, o qual eu ouvira estar na casa de algum parente esse ano. Uma vez que eu já estava enfadado de ler os livros de aula, com muito gosto puxei conversa com ele, mas Ei'ichi estava bastante abatido. Achei suspeito.

— Há algo de errado com você?

— Eu desisti de entrar na universidade.

— Por quê?

— Na verdade eu pensei em voltar para a minha terra sem nem me encontrar com você. Mas quando vim me despedir de meu pai, ouvi dizer que você estava por aqui, acabei tendo vontade de vê-lo, e por isso vim.

Ocho nos trouxe chá. Ei'ichi bebeu-o de um só gole e começou a falar. O dinheiro de seus estudos não vinha de seu pai. Quem o financiava era um tio que tinha loja na área de Kobikicho. A casa de seu tio havia ido à bancarrota, e então ele não teve o que fazer senão abandonar os estudos. Por isso pensava em voltar para sua terra e talvez tornar-se professor de ensino fundamental. Ainda que fosse lecionar, todavia, pretendia fazer algo mais nas horas vagas. Para estudos do Ocidente, seus fundamentos eram insuficientes, e ademais não era fácil comprar livros novos. Destarte, como método paliativo, disse-me ele, acabou gastando grande parte do dinheiro que seu tio havia lhe enviado em literatura chinesa. Pretendia agora recluir-se em sua terra natal junto com sua biblioteca e ler tudo que havia comprado.

Eu não podia me conter de tanta pena. Mas não tinha o que lhe dizer. Caso dissesse alguma palavra de conforto sem sentido, não era improvável que Ei'ichi se irritasse. Sem solução, mantive-me calado.

Em instantes, ele disse que já ia embora. Fez menção de levantar, porém, sem de fato o fazer, e de maneira assaz abrupta disse-me o seguinte:

— Se meu tio não pôde mais manter os negócios, foi tudo por causa de minha tia.

— Que tipo de pessoa é a sua tia?

— Era a empregada de meu tio quando ele costumava morar sozinho.

— Hum.

— Uma mulher assim nunca se separa. Pode até ser impossível exigir da própria esposa que ofereça sempre suporte, mas ter uma pessoa estúpida assim o acompanhando e que não se separa de jeito nenhum, isso é a maior infelicidade da vida. Adeus — Ei'ichi foi embora às pressas.

Tomado pela perplexidade, despedi-me com os olhos apenas. Pela cortina de bambus pendurada à entrada, observei a silhueta de meu amigo saindo por debaixo das telhas do portão. Trajando um *yukata* branco e com um chapéu de palha na cabeça, Ei'ichi lançava sua sombra curta e negra sobre o caminho formado pela cerca-viva de fotínias, iluminado pelo sol incandescente da hora da sesta, enquanto mais e mais se afastava.

Ei'ichi havia me deixado como presente de despedida uma advertência tácita. Irritei-me um pouco. Creio que não seja preciso ouvir essa sorte de conselho dos outros. Isso também depende de quem é a pessoa. Em se tratando de Ei'ichi, que eu considerava ser menos sagaz que eu em todos os aspectos, creio que passara dos limites. Ademais, quem se importava com Ocho? Por acaso eu haveria de pensar nela como mulher ou de qualquer maneira que fosse? Ele não tinha a menor noção de quem eu era. Pareceu-me também estúpido o modo como podia fazer falsas acusações.

Voltei-me para a escrivaninha e reabri o livro que estivera lendo. As palavras ditas por Ei'ichi não me deixavam em paz. Eu não tinha interesse nenhum em Ocho. Mas, e quanto a ela? Como eu e ela nunca chegamos a conversar de fato, não me recordo de Ocho haver me dito nada a respeito. Ao refletir se não havia com efeito nada em minha memória, de repente ocorreu-me o evento daquela mesma manhã. Eu havia saído então para caminhar. Quando saía, Ocho dobrava a rede contra mosquitos. Regressei após caminhar por, imagino, uns trinta minutos, e a encontrei sentada absorta, com os olhos no vazio, a rede de mosquitos dobrada em sua frente. Vinha pensando que já deveria ter acabado a arrumação havia um bom tempo, e portanto me surpreendi. Na ocasião refleti que ela já estava se tornando relaxada. O que será que Ocho estivera pensando ali parada por todos aqueles trinta minutos? Lembrando disso, tive a sensação de que havia feito uma descoberta.

Desde então passei a prestar atenção em Ocho. Olhava-a com outros olhos. Na hora das refeições, quando ela se mantinha por perto, atentava para sua expressão. E, ao atentar-lhe, percebi o seguinte: embora a princípio ela se mantivesse cabisbaixa, volta e meia lançava os olhos para meu rosto. Recentemente, entretanto, quase nunca me olhava. Seu comportamento com certeza vinha mudando.

Até então, quando eu caminhava pelo jardim, ainda que passasse em frente à porta da cozinha que dava para a rua e escutasse algum ruído produzido por ela lá dentro, eu continuava a andar sem voltar os olhos; já agora, passava sempre olhando. Encontrava-a estática, com os olhos no vazio, e as mãos descansando da louça que havia começado a lavar. Parecia estar pensando em algo.

Outra vez estava ela a me servir a refeição. Meus olhos escrutinadores tornavam-se sempre mais aguçados. Conquanto ela permanecesse sem dizer nada e sem erguer o rosto, eu sentia que seu estado nervoso vinha reverberar em meu próprio espírito. Poder-se-ia imaginar que o corpo dela estivesse a recarregar suas baterias ou algo do gênero. Com isso, eu tornava-me sempre mais inseguro.

Ainda que eu estivesse a ler um livro, houvesse qualquer som na cozinha e eu logo imaginava o que

Ocho estaria fazendo. Se a chamasse, vinha de pronto. Que viesse, isso era esperado, mas parecia-me que ela estivera aguardando ser chamada. Ao cair da noite ela se despedia e saía em direção à porta dos fundos. Até que Ocho calçasse os tamancos e a porta batesse, eu mantinha os ouvidos atentos. E o tempo que isso tardava para acontecer me parecia por demais longo. Imaginava se ela não estaria se demorando, à espera de que eu a chamasse de volta. Minha insegurança apenas fazia crescer mais e mais.

Nesse período pensei no seguinte: Ei'ichi Bito não era um rapaz de sentidos apurados. Não obstante, fosse quando estava na casa de seu pai ou na casa de seu tio, estivera desde sempre vivendo em meio a uma atmosfera diferente da de minha própria casa. Assim, vendo o comportamento de Ocho apenas durante o intervalo em que esta viera nos trazer o chá, será que não fora deveras capaz de captar algo?

Certo dia mamãe veio me visitar. Eu disse que já estava farto de Mukojima, e pensava em voltar com ela para Kosuge. Se assim fosse, por que eu já não lhes havia enviado uma correspondência? — perguntou ela. Respondi que estava justamente pensando em escrever uma carta. Mas, na verdade, fora ao ver minha mãe chegar de visita que a ideia me ocorreu de súbito. Pedi a ela que, antes de regressar, dissesse a Ocho e a seus pais que deixassem tudo arrumado; apanhei dois ou três livros, saí ligeiro e fui-me antes para Kosuge.

Se algo havia de fato mudado no estado nervoso ou psicológico de Ocho; se aflorava nela a paixão; se se movia nela o desejo sexual; ou se minha imaginação estivera esboçando coisas sem nenhum fundamento, isso eu jamais soube.

* * *

Fiz dezenove anos.

Em julho concluí a graduação. Houve quem visse minha idade nos documentos da universidade e comentasse como era raro alguém que acabara de fazer vinte anos já ser bacharel. Na verdade, eu ainda nem havia completado vinte. Acabei graduando-me sem conhecer esse algo chamado *mulher*. Isso foi com certeza graças a Koga e a Kojima. Era apenas Kojima quem, apesar de ser mais velho que eu, parecia tampouco haver conhecido mulheres.

Por algum tempo houve banquetes e mais banquetes. Um restaurante chamado Matsugen[119], em Ueno, era muito popular nessa época. Nós, os recém-graduados, nos reunimos para convidar os professores a jantar.

Gueixas e suas aprendizes vieram em grande número de Sukiyamachi ou de Dobocho. Era a primeira vez que eu havia visto gueixas em um banquete.

---

119. Restaurante sofisticado já inexistente, que é citado também em *O ganso selvagem*, do mesmo autor.

Mesmo hoje, quando os estudantes se formam, há essas reuniões chamadas de "festas de agradecimento". Contudo, pensando agora naquela época, tanto os convidados quanto as gueixas tinham um ar diferente.

Hoje, quando se torna bacharel, embora não se chegue a ser privilegiado, tampouco se é ignorado por completo. Naquela época as gueixas tratavam alguém como eu como se nem humano fosse.

O banquete daquela noite no Matsugen permanece nítido em minha memória. Meus colegas bacharéis faziam turnos para encher o copo dos professores, que sentavam-se frente à alcova do salão. Entre os mestres, havia quem se prestasse a vir se misturar conosco, sentando-se de forma relaxada no chão e puxando conversa com seus ex-alunos. Os lugares em grande parte foram trocados. Mantinha-me sentado absorto quando alguém do meu lado esquerdo me pôs um copo frente ao nariz.

— Querido.

Era a voz de uma gueixa.

— Hum.

Fiz menção de agarrar o copo. A mão da gueixa que o segurava recuou de súbito.

— Não é para você!

Ela fitou-me por um momento, como que a me admoestar, e ofereceu o copo à pessoa que se sentava à minha direita. Não era piada. Tampouco estava tentando ser engraçada. Quem estava à minha direita era um tal de professor Fulano. Ele encontrava-se praticamente de costas para a gueixa, conversando com a pessoa que tinha à sua própria direita. Meus olhos repararam no brasão do *haori*[120] de gaze de seda do mestre. Enfim se apercebendo, ele apanhou o copo. Por mais perdido que eu estivesse em pensamentos, nunca tentaria pegar pelo flanco um copo que havia sido estendido a outra pessoa. Não pude imaginar contudo que haveria alguém capaz de oferecer um copo ao brasão de um *haori*.

Nesse momento tive a impressão de que havia de súbito despertado. Era como se, por exemplo, alguém que estivera até então em meio ao redemoinho das ondas saísse da água para a praia e observasse então o rebuliço do mar. Todo o cenário do jantar se refletiu de maneira puramente objetiva em meus olhos.

O professor Fulano, que em sala de aula estava sempre com o cenho fechado, ali desmanchava sua expressão costumeira e ria. Uma das gueixas agarrou um colega que estava logo a meu lado e lhe disse: "Meu nome é Ball, não vá esquecer, viu?" Suponho que devia se chamar Otama.[121] As aprendizes de gueixa que estavam na sala, tantas quanto havia, se levantaram e começaram a dançar, em parte por gracejo. Ninguém prestava atenção. Alguns lançavam copos para que

---

120. Espécie de capa curta utilizada sobre o quimono.
121. O nome japonês Otama também pode ser interpretado como "bola, esfera", assim como *ball* em inglês.

outros os pegassem. Houve quem saltasse para o meio das aprendizes e começasse a dançar também. Uma das gueixas esquivou-se atônita do *shamisen*[122] que estava posto no chão, por quase pisá-lo. A gueixa que havia me admoestado antes parecia ser a líder das mulheres e se ocupava de correr para lá e para cá a fim de servir a todos, falando sempre em tom elevado.

O segundo ou o terceiro colega sentado à minha esquerda era Kojima. Ele estava alheio. Não parecia diferir muito de meu estado de antes de eu haver despertado. Em frente a ele havia uma gueixa. Tinha seu corpo firme bem-proporcionado, e um rosto também belo. Caso se destacassem os contornos das órbitas de seus olhos, imagino que se assemelharia à Vesta das pinturas ocidentais.[123] Desde que viera trazer a primeira bandeja com comida, essa mulher vinha atraindo a minha atenção. Meus ouvidos captaram inclusive o momento em que um de meus colegas a chamara pelo nome, Ko'iku. Pois essa Ko'iku tentava insistentemente puxar assunto com Kojima. Este apenas respondia com lassidão. Sem querer, a conversa dos dois chegou-me aos ouvidos.

— Do que você mais gosta?
— *Kinton*[124] é gostoso.

---

122. Instrumento de três cordas japonês semelhante ao banjo.
123. Na mitologia romana, deusa do lar e da família.
124. Confeito de pasta de batata-doce com castanhas.

Uma resposta austera. Como resposta de um belo e garboso rapaz de vinte e três anos de idade, não parece algo fantástico? Entre os graduados que compareçem às "festas de agradecimento" de hoje em dia, é certo que não se encontra ninguém assim, por mais que se busque. Com a cabeça estranhamente indolente como estava a minha agora, tive a sensação de que era uma interação ao mesmo tempo antipática e cômica.

— É mesmo?

Deixando para trás sua voz terna, Ko'iku abandonou o assento. Eu observava a sequência dos eventos com um interesse peculiar. Instantes depois Ko'iku regressou trazendo uma grande tigela e a colocou frente a Kojima. Era uma tigela de *kinton*.

Até o fim do jantar, Kojima continuou comendo *kinton*. Ko'iku manteve-se comportada no assento em frente, observando como as castanhas iam uma a uma se escondendo no fundo dos belos lábios de Kojima.

Pelo bem de Ko'iku, orei para que Kojima comesse o maior número de *kinton* que pudesse, e o mais devagar possível, e retirei-me antes do banquete, calado.

Pelo que ouvi dizer mais tarde, Ko'iku era a moça mais bela de toda Shitaya. E Kojima não fez nada mais que comer os *kinton* trazidos por essa beldade. Hoje Ko'iku é a esposa de um célebre político de certo partido.

* * *

Fiz vinte anos.

Meus colegas, novos bacharéis, foram um após o outro procurar emprego, e a maioria se tornou professor em outras partes. Como eu estava entre os melhores da classe, diziam os boatos que eu seria enviado para prosseguir com os estudos no Ocidente, recebendo bolsa do governo.[125] Entretanto, porque os boatos tardassem a se concretizar, meu pai andava impaciente. Eu mantinha-me deitado tranquilo no quarto de quatro tatames e meio na casa onde meus pais estavam morando em Kosuge, passando o tempo a ler livros.

Era raro vir alguma visita. Koga se tornara conselheiro em alguma secretaria do governo; casou-se, mudou-se para a cidade de sua esposa e de lá ia para o trabalho. Kojima, mesmo antes disso, se empregara no escritório de certa empresa de Osaka, e já havia deixado Tóquio. Quando fôramos à sua despedida em Shin'bashi, Koga me sussurrara ao ouvido: "Tem uma mulher que diz que quer ser minha esposa. Não é esquisito?" Ele não dissera isso por falsa modéstia. Mesmo Koga, que era muito mais conhecedor do mundo

---

125. À época o Ministério da Educação oferecia bolsas de estudo no exterior apenas para o primeiro e o segundo melhores alunos de cada área, graduados na Universidade de Tóquio. Ogai fora na verdade o oitavo de sua classe, sendo seus estudos no exterior financiados não pelo Ministério da Educação, mas pelas Forças Armadas após ele tornar-se médico do Exército.

quando comparado a Kojima, como um dos vértices de nossa tríplice aliança não deixava de ser um sujeito ingênuo. A mim não pareceu nem esquisito nem qualquer outra coisa.

Havia quem viesse trazer propostas de casamento para mim também. Mamãe era da ideia de que, mesmo que eu porventura fosse enviado ao Ocidente, era melhor que antes eu me casasse e já deixasse uma esposa esperando por mim. Papai não era de opinião nenhuma. Embora minha mãe então me fizesse recomendações, eu contestava com subterfúgios. Ela não entendia o que eu pensava das moças. Ainda que eu pensasse alguma coisa, tampouco queria lhe dizer. E, se tentasse dizer, sentia que era algo assaz difícil de colocar em palavras. Ela me indagava com vigor.

Certo dia, enfim me achando encurralado, disse-lhe o seguinte: que uma esposa é algo que um dia um homem tem mesmo de arrumar. Mas a gente há de se incomodar se for alguém de quem não gostamos. Decidir se gostamos ou não da outra pessoa, para nós é fácil. Contudo, a mulher também há de se incomodar se for desposada por um homem de quem não gosta. Dizer algo assim para a pessoa que me trouxe ao mundo e me criou quiçá pareça ingratidão, mas era muito difícil imaginar que uma mulher pudesse olhar para minhas feições e decidir que gostava de mim. Ou também não havia como afirmar que mesmo uma feiosa ciente de si própria não olharia para mim e comigo se contentasse. Aliás, não precisava de ninguém para se contentar comigo. Isso eu mesmo faço questão de recusar. E quanto a minha alma? Conquanto eu não imaginasse ser provido de uma alma assim excelente, pelo tanto que havia me relacionado com diversos tipos de pessoas até então, tampouco pensava em minha alma como algo vexante ou que devesse ser embrulhada e ocultada para que ninguém a precisasse ver. Caso eu me inscrevesse em um exame para almas, não creio que nem sequer eu fosse reprovado. Pois bem, se na tradição dos casamenteiros há o costume de realizar encontros para que os noivos avaliem as feições um do outro, não há encontros para avaliar a alma. E inclusive nos "encontros de feições", caso se dê atenção ao que diz a casamenteira, uma das partes sempre diz que nem há necessidade para eles. Para a mulher não há gostar nem querer. Basta o homem a observar e decidir por si mesmo se gosta ou não do que vê. Parece que os pais da moça são vendedores, e nós, compradores. A mulher é tratada tal qual uma mercadoria. Se escrevessem sobre isso no Direito romano, haveriam de enquadrar as moças na categoria de *res*[126], à mesma maneira que os escravos. E eu não tinha interesse em sair para comprar um brinquedo bonito.

---

126. "Coisa", em latim. O autor refere-se à divisão entre *personae* (pessoas), *res* (coisas) e *actiones* (ações legais), estabelecida por Gaio por volta do século II.

Em suma, foram coisas assim que tentei explicar para minha mãe, do modo que lhe fosse o mais inteligível possível. Ela quedou-se bastante inconformada por eu dizer que, embora não fosse reprovado pela alma que tenho, seria sim reprovado por minhas feições. "Eu não me lembro de ter dado à luz nenhum inválido", falou com um tom de quem não podia conter a raiva. Mesmo eu não deixei de me sentir constrangido frente a isso. Minha mãe também não concordava que um encontro justo permitiria às mulheres escolherem os homens do mesmo modo que os homens escolhem as mulheres. Consoante ela, falar disso era o mesmo que falar de direitos iguais para homens e mulheres. Desde tempos remotos sabe-se que as filhas de famílias de comerciantes também rejeitavam pretendentes durante os encontros. As filhas de samurais somente casavam após observar a alma dos homens, e por isso não haviam de dizer nem isso nem aquilo apenas ao lhes verem o rosto, como faziam os homens. E não importava que isso fosse algo restrito apenas ao Japão, que já estaria de bom tamanho. Mas dizem, e ela havia ouvido isso de meu pai, que os reis do Ocidente enviavam seus súditos para um país vizinho a fim de que lhes procurassem uma noiva. Se era assim, então os reis do Ocidente pareciam também estar buscando suas noivas à maneira japonesa, disse minha mãe. Não obstante eu me esforçar em não mencionar nada relativo ao Ocidente, foi ela quem resolveu citar um exemplo do além-mar, o que me deixou um pouco confuso.

Conquanto ainda houvesse muita coisa que eu gostaria de dizer, julguei que seria inoportuno tentar contestá-la além desse ponto, e dei o assunto por encerrado.

Pouco tempo após essa conversa, veio ver-nos um médico bastante íntimo de meu pai, um tal de doutor Annaka, para sugerir que eu casasse com a filha de alguma família que tinha laços distantes com a nobreza feudal.[127] A donzela vivia na casa de um artista, na rua nº 1 da área de Bancho. De acordo com o médico, poderia apresentá-la quando quiséssemos. Mamãe, a exemplo de como já vinha fazendo, recomendou-me que aceitasse.

Por acaso tive vontade de ir até lá. Foi engraçado, pois não me ocorreu ir para conhecer a moça, mas sim para experimentar como seria um encontro arranjado por um casamenteiro. Embora eu reconheça que tenha sido um tanto irresponsável de minha parte, eu não havia decidido tampouco que não me casaria de modo nenhum, a despeito de quem fosse a

---

127. No original, *daimyo kazoku*, termo utilizado para designar as famílias influentes do governo militar que obtiveram status de nobreza após o fim do período Edo. Usado em contraste com *kuge kazoku*, ou seja, a nobreza imperial. Acredita-se que a personagem aqui citada tenha sido inspirada na primeira esposa de Ogai, Toshiko Akamatsu (1871-1900), com quem o autor teve seu primeiro filho, Oto, antes de se divorciarem. Após o divórcio ela casou-se novamente, mas acabou falecendo de tuberculose pouco tempo depois.

pretendente. Ao menos, pensava que poderia de fato me casar caso a moça me aprouvesse.

Creio que era por volta de março, pois ainda fazia frio. Guiado por Annaka, fui até a casa na rua nº 1 em Bancho. Era uma residência lúgubre, com um portão de entrada coberto por telhas negras. Fui conduzido a um quarto de tatames, o qual parecia ser o cômodo privado do dono da casa. Eu jogava conversa fora com Annaka, ambos ao redor do fogareiro, e nisso surgiu o anfitrião. Era um homem de cerca de cinquenta anos, de modos indulgentes. Falou-nos de pinturas. Após instantes, sua esposa veio trazer a moça.

O casal entreteve a todos com conversas várias. Diziam que conversássemos sem pressa, ou que se quiséssemos beber saquê, poderiam trazer. Eu disse que não bebia. O senhor disse então que precisavam nos oferecer algum outro quitute, e inclinou a cabeça em sinal de dúvida. Nessa época incomodavam-me as cáries, de modo que em casa eu com frequência comia *sobagaki*.[128] Portanto, e uma vez que eu tinha visto a placa de uma casa de *soba* ao lado, disse que poderia aceitar alguns *sobagaki*. O senhor riu, dizendo ser um pedido inusitado. Sua esposa chamou a criada para lhe dar a ordem.

A jovem mantinha-se até esse momento sentada em silêncio à direita da senhora da casa, com as mãos

---

128. Bolinhos de farinha de trigo sarraceno, de consistência bastante macia e portanto fáceis de mastigar.

postas sobre os joelhos. Com o rosto redondo e de faces cheias, os cantos externos dos olhos pareciam levemente erguidos. Não estava cabisbaixa: olhava para frente, sem aparentar vexar-se nem um pouco sequer. No rosto não trazia nenhuma expressão definível. Apenas ao ouvir o pedido de *sobagaki* demonstrou por reflexo um sorriso.

Pedindo de modo irrefletido que me oferecessem *sobagaki*, imaginei haver provocado o mesmo interesse que Kojima com seus *kinton*, e ri-me sozinho. Por um instante avivou-se a conversa sobre *soba*. O senhor também comia *sobagaki*. Certa vez no hospital, como não podia comer nada sólido, por um mês inteiro passara comendo apenas isso, contou-nos a esposa. Disse que à época ficara estarrecida com o fato lastimável e, logo se apercebendo da gafe, pediu-me desculpas. Comi o *sobagaki* que me ofereceram e voltei para casa. O casal e a jovem vieram até a entrada da casa para se despedir.

Embora Annaka urgisse por uma resposta no caminho de volta, não havia nada que eu pudesse dizer. Afinal, eu mesmo não sabia o que pensar. Não considerei a moça uma beldade em particular. Julguei-a de feições deveras excelentes, de qualquer maneira. Era sem dúvida de modos requintados. Não lhe sabia a personalidade, mas não parecia ter nenhum lado perverso. Esplêndido. Se assim fosse, imagina-se que eu gostaria de desposá-la — mas não, não me acometia a mínima vontade de fazê-lo. A ideia não me desagradava, em absoluto. Se eu fosse comentar sobre ela com alguma outra pessoa com quem não tivesse nenhuma relação, decerto diria ser uma ótima jovem. Não obstante, não conseguia pensar que gostaria de casar-me com ela. Com efeito, era uma moça excelente, mas decerto existiriam muitas outras como ela. Eu pensava que não conseguia entender o porquê de ter de desposar justamente aquela. Também tentei replicar a mim mesmo, ponderando que, por esse ponto de vista, acabaria não me casando com mulher nenhuma. Ainda assim não conseguia gostar da ideia de desposá-la. Perguntei-me como as outras pessoas conseguiam chegar a uma decisão em momentos como esse. Refleti então se as pessoas porventura não tomavam tal decisão apenas por se deixar influenciar pelos estímulos do desejo sexual. E, como este me era escasso, seria então por isso que, mesmo pensando se tratar de uma boa moça, não me apetecia casar com ela. Annaka percebeu que eu estava meditando sobre algo, e disse: "Eu lhe pergunto de novo outra hora", e separou-se de mim no alto da ladeira de Kyudan.

Ao voltar para casa, mamãe já esperava por mim, e logo perguntou como havia sido. Eu titubeei.

— Bem, que tipo de pessoa ela é?

— Pois é. É uma moça bem-feita. Os olhos parecem voltados um pouco para cima. Eu não entendo de quimonos, mas ela usava um que parecia ser preto, com uma roupa de gola branca por baixo. É o tipo de pessoa que iria parecer muito natural com uma adaga na cinta do quimono.[129]

Minhas adjetivações casuais agradaram a mamãe sobremaneira. Meu comentário a respeito de que a moça pareceria natural carregando uma adaga foi recebido como sinal de confiança. Ela então passou a me recomendar com ardor que aceitasse essa moça. Annaka também, veio duas ou três vezes indagar sobre minha resposta. Acabei sem lhes dizer nada de concreto, contudo.

Passado algum tempo, a moça tornou-se esposa de um funcionário da Secretaria da Casa Imperial o qual eu conhecia, e cerca de um ano depois ela morreria de alguma doença.

* * *

Era o início do inverno do mesmo ano.

Houve boatos de que no ano seguinte eu enfim poderia viajar ao Ocidente. Continuei à toa na casa de meus pais em Kosuge, como até então.

Haviam criado uma associação literária de poesia

---

129. À época dos acontecimentos narrados, a adaga era comumente carregada por mulheres presa à cinta do quimono, para fins de defesa pessoal. Anos mais tarde, no entanto, à época em que a obra seria efetivamente escrita, a adaga passou a fazer parte da indumentária da noiva na cerimônia de casamento xintoísta, servindo como símbolo de fidelidade, pois representava o desejo da mulher de suicidar-se antes de ser possuída por outro homem. Devido à cronologia pouco rígida da obra, não se pode precisar se o protagonista está sugerindo que a moça aparentava ter caráter forte e que saberia defender a si mesma, ou que as roupas de noiva lhe cairiam bem.

chinesa na área de Senju, e passaram a realizar saraus mensais, cada vez na casa de um membro diferente. Certo dia, em um desses encontros, conheci um poeta chamado Seiha Miwazaki.[130] Seiha me disse que escrevia para a coluna de literatura chinesa do *Liberal*, e perguntou-me se eu também não gostaria de escrever para o jornal qualquer coisa que fosse. Eu recusei. Seiha todavia insistiu com veemência. Disse que então, se eu quisesse, poderia permanecer anônimo; eu disse que sim. Concordei sob a condição de que iriam manter estrito sigilo.

Na noite desse dia voltei para casa e ponderei sobre o que seria bom escrever, mas, como pensava já deitado na cama, não me ocorreu nenhuma ideia que prestasse. No dia seguinte já havia esquecido. E, na outra manhã, ao ler o *Yomiuri*, jornal que recebíamos desde a época de Masao Suzukida[131], vi que aparecia nele o meu nome. Estava escrito que o senhor Shizuka Kanai, graduado com honras no curso de filosofia, iria emprestar sua pena ao *Liberal*. Recordei sobressaltado da noite de dois dias atrás. Em seguida pensei o seguinte: eu havia dito que aceitava escrever sob a pro-

---

130. Personagem baseada em Seiran Miyazaki (1868-1944), poeta que também costumava publicar seus trabalhos no *Jiyu Shimbun* [Jornal Liberal], publicado pelo Partido Liberal. O periódico na verdade já não existia mais à época dos acontecimentos da obra, pois fora encerrado em fevereiro de 1885.
131. Masao Suzukida (1845-1905), jornalista que fora o primeiro redator-chefe do *Jornal Yomiuri*, publicado a partir de 1874. O periódico é um dos de maior circulação do mundo, e continua a ser publicado até hoje.

messa de que iriam manter sigilo. Posto que a outra parte descumprira o acordo, cuidei que eu agora não precisava escrever mais nada.

Nisso chegou uma carta de Seiha urgindo-me a respeito. Respondi que não escreveria pois haviam quebrado a promessa. Não tardou para que Seiha viesse em pessoa.

— Desculpe a nota que saiu no *Yomiuri*. Mas venha, deixe de lado aquele deslize e escreva para nós. Se agora você decidir não escrever, o pessoal da redação vai me chamar de mentiroso.

— Hum. Mas eu tinha deixado bem claro as condições, então por que você foi anunciar tudo para o *Yomiuri*?

— E quem disse que fui eu que anunciei qualquer coisa?

— Se não foi, então como saiu aquela nota?

— Aconteceu o seguinte: eu comentei com o pessoal da redação. É claro que, mesmo antes de falar com você, eu já havia discutido a ideia com eles. Se eu fui convidado para um encontro da Associação Literária Senju[132] e lá nos encontramos, foi porque até o presidente do jornal queria que eu te convencesse a escrever alguma coisa para nós. Eu aceitei a missão sem nem pensar muito a respeito. Quando tentei conver-

---

132. Embora Senju seja o nome da área de Tóquio onde a associação havia se estabelecido, os ideogramas utilizados para o nome da associação em si são diferentes. Os ideogramas da localidade significam "mil habitações", enquanto os da associação significam "pedra da imortalidade".

sar com você, contudo, você estava me pedindo coisas difíceis. Foi então que eu acabei o convencendo com a língua de Socho.[133] Depois voltei para o jornal e referi com orgulho o meu sucesso. Deve ter sido alguém da redação que contou para o *Yomiuri*. Isso eu não sei. Não posso evitar que me ponham a coroa de espinhos. Peço desculpas prostrado como uma aranha. Mas, por favor, escreva para nós.

— Tudo bem. Escrevo. No entanto, eu não entendo o que pensam as pessoas de um jornal. Meu nome saiu naquela nota como um bacharel laureado, um estudante que se graduou mais jovem do que todos até hoje. O que vocês querem é ver que tipo de coisa eu vou escrever, não é? Se será algo bom ou algo ruim, com isso não se importam. *Sensation* é *sensation*, eu imagino. Mas, por acaso isso não é de fato uma visão muito limitada para vocês, como jornalistas? Eu nem falo dos meus interesses. Estou falando dos interesses do jornal. Por isso quero que publiquem anonimamente o que eu escrever. Se for ruim, vai sumir sem ninguém nem perceber. Por pior que seja, ninguém vai confrontar o jornal perguntando por que diabos foram publicar algo como aquilo. E, se por algum acaso o que eu escrever for bom, decerto

---

133. Expressão arcaica japonesa. "Socho" é uma palavra composta dos nomes de Shin So e Gi Cho, transcrições japonesas dos nomes de Qín Sū (340-284 a.C.) e Yí Zhāng (?-309 a.C.), celebrados estrategistas militares chineses conhecidos por sua excelência na diplomacia.

vão querer saber quem é o autor. Não está bom então se vocês deixarem para me apresentar somente nessa ocasião? O nome do jornal não será elevado, por contar com alguém que tivera a visão crítica para descobrir alguém como eu? Não que eu ache que eu vá me sair assim tão bem. Mas lhes digo isso porque não acho cabível uma empresa ficar apenas se vangloriando do nome de um bacharel fulano qualquer.

— Sim, tudo o que você diz é muito sensato. Mas convenha que é o mesmo que dizer para o imperador da China em guerra que suscite na nação etiqueta e música.[134]

— Pois é. A mim parece que, surpreendentemente, um jornal somente atrai pessoas que não entendem como ele funciona.

— Ai, ai, que bofetada. Ahahahaha.

Após termos uma conversa dessa sorte, Seiha foi embora. Tão logo ele se foi, voltei-me para a escrivaninha, escrevi algo suficiente para encher uns dois parágrafos[135] de jornal e logo enviei pelo correio.[136]

---

134. Alusão a dois conceitos louvados na China antiga, especialmente por Confúcio: a etiqueta representa a prudência de modos que leva ao estabelecimento da paz e da ordem, enquanto a música representa a capacidade de acalmar e mover o coração dos homens. Seiha usa a alegoria para afirmar que a sugestão de Shizuka é impraticável.

135. Um parágrafo de jornal na época continha entre oitocentos e mil caracteres chineses, de modo que o texto na verdade não era tão pequeno como possa parecer.

136. De acordo com o irmão do próprio Ogai, o autor na verdade nunca publicara nada no *Liberal*.

Não me faltava a arrogância para escrever algo assim sem sequer utilizar-me de rascunhos ou o que fosse.

No dia seguinte entregaram um jornal em que se encontrava meu texto na primeira página. Mais tarde ouvi dizer que, como já era noite quando eu havia enviado o original, fizeram todo o possível para emendar minha composição às pressas. Acompanhava um agradecimento de Seiha.

Conquanto eu ainda deva ter esse jornal guardado até hoje em algum lugar, ainda que pensasse em procurá-lo, não o encontraria. Recordo que escrevera algo bastante esquisito. Algo sem pé nem cabeça. Nessa época havia nos jornais o que se chamava de *zatsuroku*.[137] O *Choya* vendia muito graças aos do professor Ryuhoku Narushima.[138] Às suas análises históricas sisudas misturava-se um tom cômico. Atentava para a originalidade da dissertação. Visava a expressividade objetiva da palavra. Com frequência seus aforismos ganhavam o paladar e a boca do povo. Como à época eu havia tomado emprestado de algum professor a história dos *feuilletons* de Eckstein, experimentei escrever somando o sabor do *feuilleton* ocidental ao formato do *zatsuroku*.

O que eu escrevi atraiu um tanto de atenção. Dois

---

137. "Registros diversos": coluna de jornal que lamentava de forma satírica e em estilo de escrita chinês os acontecimentos inusitados da sociedade.
138. Ryuhoku Narushima (1837-1884), jornalista e literato cujos textos espirituosos e mordazes foram de fato os grandes responsáveis pelo sucesso do *Choya*, jornal publicado entre 1874 e 1893.

ou três outros jornais publicaram textos que pareciam vir à garupa do meu. Se o que eu escrevi tinha traços de lirismo, também não faltavam traços de pequena narrativa e de crítica histórica. Fosse nos dias de hoje, imagino que as pessoas o avaliariam como um conto literário. Decidiriam por si mesmas que se tratava de um conto, para depois comentarem que era ainda pior que um mero artigo de notícias diversas. À época não usavam a palavra "paixão"; caso contrário, decerto diriam que meu texto não a tinha. E conquanto uma palavra tal como "pedantismo" tampouco estivesse em voga, caso estivesse, decerto a usariam. Ainda, a autojustificação também era um delito que todavia inexistia. Mas eu penso que não existe nenhuma obra de arte que não seja autojustificativa. Isso porque a vida humana em si é autojustificativa. A vida de todos os seres vivos é autojustificativa. A rã japonesa parada sobre uma folha de árvore é verde, mas a rã parada sobre um muro assume a cor da terra. O lagarto que se esconde na relva sempre tem uma faixa verde no dorso. Aqueles que vivem nas areias do deserto têm a mesma cor da areia. *Mimicry* é uma forma de autojustificação. Afirmar que o texto também é autojustificação parte da mesma lógica. Por sorte eu não recebi nenhuma crítica assim.[139] Por sorte, meu texto pôde

---

139. Todas as críticas citadas neste parágrafo, na verdade, foram acusações verdadeiras feitas pela escola naturalista no Japão sobre os primeiros textos de Ogai.

passar sem ter seu direito de existência questionado. Afinal, naqueles tempos ainda não havia sido inventada a crítica literária, essa coisa que, ela sim, não tem o menor direito de existir, por não contribuir de modo nenhum à humanidade, nem intelectual nem emocionalmente.

Passou cerca de uma semana e, certo dia, à hora da refeição, Seiha apareceu novamente. O dono do jornal queria me pagar um almoço como gratidão pelo que eu escrevera no outro dia, e portanto Seiha pediu que eu o acompanhasse já nesse momento. De outros convidados havia apenas um poeta chamado Ansai Haraguchi[140]; o próprio Seiha faria as vezes de anfitrião, tomando o lugar do dono do jornal.

Chamei um riquixá e mandei-o seguir o de Seiha. Entramos em um restaurante ao lado do Myojin.[141] Ansai viera antes e já nos aguardava. Trouxeram saquê. Vieram as gueixas. Contudo, eu não bebia. Ansai tampouco. Seiha bebeu sozinho e sozinho se inflamou. Nós três dávamos ares de sermos híbridos entre um *soshi*[142] e um estudante; Seiha era o que mais se assemelhava a

---

140. Personagem baseada em Neisai Noguchi (1867-1905), escritor acometido desde jovem pela hanseníase e que dedicou a vida à poesia chinesa.
141. Nome pelo qual é popularmente conhecido o Santuário de Kanda, um dos maiores santuários xintoístas da época.
142. Termo usado para designar ativistas do Movimento pela Liberdade e pelos Direitos do Povo, movimento em nome da democracia que ocorreu no Japão durante a década de 1880. A imagem associada a tais ativistas era geralmente de pessoas com modos rudes, assim como Seiha.

um *soshi*, e Ansai, a um estudante comum. Os dois vestiam um quimono de *kongasuri*[143] enchumaçado com algodão e com o mesmo *haori* por cima. Ansai era um homem recatado, porém espirituoso, de modo que não deixava de conversar com as gueixas, ainda que não se inflamasse junto com Seiha. Também tratava de servir os copos.

Eu era um estranho no grupo. Possuía um quimono de *habutae*[144] negro com o brasão de família, o qual meu pai havia utilizado em dia de cerimônia importante no castelo de sua terra natal e que mamãe reajustara para mim, e, por ser resistente e de boa qualidade, nessa época eu o utilizava como vestimenta diária. Acontece que Seiha havia me tirado de casa com esse quimono. Eu também trouxera comigo um *kiseru* de ferro de cerca de sessenta centímetros. Uma vez que à época em que deixei de precisar da adaga que costumava carregar eu também começara a fumar tabaco, pedi para que me fizessem esse cachimbo, afirmando que serviria para defesa pessoal. Então retirei uma pitada de Kumoi de uma caixinha de fumo com jeito de *hiuchi-bukuro*[145] e comecei a tragar. Eu não bebia saquê. Tampouco conversava.

---

143. Tecido azul-escuro ornado com marcas brancas de desbotamento.
144. Tecido confeccionado com seda de alta qualidade, de toque suave e aspecto reluzente.
145. Pequeno saco com instrumentos para fazer fogo, bastante comum antes do advento do palito de fósforo.

Entretanto, como as gueixas de Kobusho[146] desses tempos costumavam lidar com estudantes bastante esquisitos, nenhuma demonstrou particular espanto. Falavam aos berros de propósito, exaltando-se junto com Seiha.

Já era por volta das onze e meia. A atendente veio nos dizer que já haviam se reunido os riquixás. Achei estranho ela dizer que haviam "se reunido", mas não dei maior atenção. Seiha foi o primeiro a se levantar, sair para a rua e tomar um carro. Ansai e eu fizemos o mesmo. "Vamos para Kosuge, antes da Osenju"[147], eu disse ao puxador, mas ele levantou os cabos do carro sem nem dar sinal de que ouvira.

O carro de Seiha disparou na frente. Em seguida ia Ansai, comigo na retaguarda, somando ao todo três riquixás seguindo como que a voarem pela rua. Os puxadores iam dando gritos para impor ritmo à corrida, agitando as lanternas dos carros, e seguiram por Onarimichi para os lados de Ueno. As lojas de ambos os lados da rua estavam, em geral, todas com as portas cerradas. A luz que refletia pela pequena abertura coberta com papel nas portas de madeira das casas que vendiam velas e outros artigos de iluminação, ou ain-

---

146. Outro nome pelo qual era conhecida a área de Kanda-Ogawamachi, em Tóquio, devido à localização de uma antiga escola de artes marciais (Kobusho) criada pelo governo militar ao final do período feudal.
147. Como era conhecida uma popular loja de *senbei* (biscoitos de arroz) torrados, na área de Senju-Miyamotomachi.

da o luminoso dos restaurantes, vinham aos olhos de quando em quando, fazendo-me imaginar que eram as casas que corriam na direção oposta. Eram poucas as pessoas na rua. Todos aqueles com quem a intervalos cruzávamos, como se houvessem combinado, voltavam a cabeça para ver nossos carros.

Por falar nos carros, aonde será que iam? Embora eu não pudesse falar por experiência própria, já sabia que os puxadores, quando iam a certo lugar, sempre corriam daquela maneira.

Passamos pela avenida de Hirokoji e, quando chegamos próximo à esquina que dobra para Nakacho, Ansai voltou-se para trás olhando por cima de seu assento e me disse: "Vamos fugir!" O carro de Ansai dobrou para Nakacho.

Ansai era portador de uma moléstia crônica.[148] Seu corpo não era como o dos outros. Ele nunca ia aonde os riquixás estavam nos levando.

— Siga aquele carro que dobrou agora — eu disse a meu puxador. Ainda que não pudesse regressar a Kosuge dobrando em Nakacho, cogitei que, se ao menos me livrasse de Seiha, depois estaria tudo bem de qualquer modo. Hesitante, o puxador voltou os cabos do carro para a direção de Nakacho.

---

148. Como mencionado anteriormente, Neisai Noguchi, em quem a personagem de Ansai foi baseada, sofria de hanseníase. Embora atualmente saiba-se que a hanseníase é infecciosa, à época ainda se acreditava que podia ser uma enfermidade hereditária, como mencionado mais adiante na obra.

Nesse instante, embora o carro de Seiha houvesse a princípio cruzado uma das pontes Mihashi[149] para o norte, voltou para nos seguir. Ele berrou a plenos pulmões, do alto de seu assento:

— Ei! Vocês não podem fugir!

Meu riquixá agora chegava por trás do de Seiha. Ele a todo instante voltava-se para trás, vigiando-me.

Não tentei escapar novamente. Caso eu houvesse insistido em rejeitá-lo, não imagino que ele se tornaria violento, em absoluto. De todo modo, não era errado dizer que ele estava me arrastando à força. Eu não queria brigar com Seiha em pleno cruzamento de Ueno. Ademais, eu não gosto de perder. Acharia desgostoso ser ridicularizado por Seiha. Ter um espírito que não gosta de perder é algo assaz perigoso, que pode mesmo fazer uma pessoa sucumbir num profundo abismo de pecados. Inclusive eu, graças a esse espírito, acabei indo a um lugar que não queria ir. Havia ainda outro *factor* que me fizera acompanhar Seiha e do qual não posso me esquecer. Era a *Neugierde* que mencionei antes, e que nos atrai todos ao desconhecido.

Os dois carros entraram pelo Grande Portão. "Qual casa de chá?", ao que o puxador de Seiha lhe perguntou isso, este gritou o nome de algum estabelecimen-

---

149. Literalmente, "três pontes". À época havia três pontes na mesma região: uma na quarta rua da área de Ueno, uma ao pé das escadarias do Parque Ueno e outra junto à passarela da estação Ueno.

to como que a repreender o homem. Era o nome de um animal de couraça dura, da família *Astacidae*.[150]

Já passava um bom bocado da meia-noite. As lojas todas de ambos os lados tinham as portas fechadas. Os carros pararam em frente a uma grande casa, cujas portas também estavam cerradas. Ao que Seiha bateu à entrada, um homem abriu uma pequena passagem e saiu agachado por ela com uma agilidade assombrosa, dizendo isso e aquilo sobre a casa de chá, conversando em voz baixa com Seiha. Ao cabo de uma breve altercação, o homem levou-nos ambos para o outro lado da porta.

Após subirmos para o segundo andar, Seiha desapareceu eu não sabia para onde. Surgiu uma *chudoshima*[151] e me conduziu até um quarto.

Ambos os flancos estreitos do cômodo comprido eram cobertos por portas corrediças, que levavam ao corredor externo. Em uma das paredes do lado mais amplo encontrava-se embutida, em uma espécie de abertura na parede, uma estante pintada de preto e com portas de dobradiças, sobre a qual se via afixado um grande número de maçanetas de bronze. O azeviche da estante e as maçanetas cintilavam sob a luz de uma luminária cinábrio. No outro lado mais amplo do quarto havia uma porta corrediça de quatro folhas,

---

150. Supõe-se que o estabelecimento era o Kado-Ebi [Lagostim da Esquina], um bordel bastante renomado e existente até hoje.
151. Indica uma mulher que "passara da flor da idade", que à época seria considerada como tendo entre 25 e 35 anos de idade.

coberta com papel opaco. A luminária estava posta ao lado de um fogareiro em forma de caixa e, sobre este, uma chaleira de cerâmica recebia a chama branda.

A *chudoshima* guiou-me até esse quarto e depois foi para não sei onde. Trajando aquele meu quimono negro de *habutae*, que ora se tornara avermelhado, e portando meu comprido *kiseru* de ferro, sentei-me relaxado sobre a almofada frente ao fogareiro.

Como me haviam feito tomar cinco ou seis copos de saquê a contragosto em Kanda, minha garganta estava seca. Tentei encostar a mão na chaleira e constatei que estava fria, temperatura ótima para pegá-la. Servindo um pouco de seu conteúdo na xícara que havia ao lado, descobri ser um *bancha*[152] espesso. Bebi de um único gole.

Nesse instante a porta às minhas costas abriu-se ligeiro e dela saiu uma mulher, a qual parou ao lado da luminária. Tal como uma *oiran*[153] que se vê nas peças de teatro, prendia o cabelo em um grande coque, com um grande pente a enfeitá-lo, e trazia erguida a bainha de seu *donuki*.[154] Seu rosto alvo, de olhos e nariz bem-feitos, parecia miúdo. A *chudoshima* de antes veio

---

152. Variedade de chá verde feito com folhas de uma terceira ou quarta colheita, de qualidade inferior e sabor mais forte que o chá verde comum.
153. Modo como eram chamadas as prostitutas de mais alta classe no distrito de Yoshiwara. Embora a origem do termo não seja precisa, os ideogramas utilizados para escrevê-lo podem ser interpretados como "corifeu das flores".
154. Quimono em que o tecido dos punhos e das bainhas é diferente do usado para a confecção do corpo.

logo atrás, ajeitando a almofada e sentando-se sobre ela. Quedou-se a fitar-me com um sorriso no rosto. Já eu fitei sério e calado o rosto da moça.

A *chudoshima* lançou os olhos sobre o copo que eu usara para beber chá.

— Você bebeu o que tinha nesta chaleira?
— Sim. Bebi.
— Bem...

Ao que a *chudoshima* fez um rosto estranho e olhou para a moça, esta agora sorriu alegremente. Os dentes brancos e miúdos brilhavam com a luz da luminária. A *chudoshima* perguntou-me:

— Que sabor tinha?
— Estava bom.

As duas mulheres cruzaram olhares novamente. A mais jovem outra vez riu alegre. Luziram de novo seus dentes. A julgar, o que havia dentro da chaleira não era chá. O que eu havia bebido, até hoje não sei. Imagino que fosse algum tipo de decocto medicinal. Não haveria de ser um remédio de aplicação externa.

A *chudoshima* apanhou os enfeites de cabelo da moça e os guardou. Em seguida levantou-se, retirou um *kake*[155] da estante preta e a vestiu com ele. A luxuosa roupa de crepe decruada com listras verticais possuía ainda um

---

155. Robe de punhos mais estreitos e de bainha comprida, usado sobre a roupa normal, com o cinto ainda atado. Originalmente era uma vestimenta usada por filhas de samurais de alta classe, que acabou se popularizando entre prostitutas.

colarinho em cetim violeta. Essa *chudoshima* era o que chamavam de "aia particular". A moça passou calada os braços pelas mangas. Sua aia disse:

— Você também, que já é tarde, vá para ali.
— Vamos dormir juntos?
— Sim.
— Por mim, não precisamos.

A aia e a moça se entreolharam uma terceira vez. A moça pela terceira vez riu com alegria. E pela terceira vez seus dentes luziram. A aia aproximou-se de mim subitamente.

— Os seus *tabi*.

A habilidade com que essa velha despideira[156] me fez descalçar meus *tabi* azul-escuros foi estarrecedora. Em seguida fui guiado gentilmente, e de maneira que não pudesse oferecer resistência, para além da porta corrediça de folhas opacas.

Era um quarto de oito tatames. À frente estava a alcova, com um *koto* apoiado em pé contra a parede, ensacado. Um cabide pintado de negro e ornado com *maki-e*[157] dividia o quarto na vertical, criando um espaço à parte

---

156. No original, Datsuebaba — mais conhecida como Datsueba —, entidade japonesa a qual se acredita tirar a roupa dos mortos que chegam à outra margem do rio Sanzu, que separa o mundo dos vivos e o dos mortos. Aqueles que chegam sem roupas são despidos da própria pele. As roupas despidas são entregues a um ancião chamado Ken'eo, que as pendura na árvore mística Eryoju para medir os pecados do morto. Quanto maiores os pecados cometidos em vida, mais difícil é a travessia do rio, e portanto mais pesadas se fazem as roupas encharcadas, vergando os galhos da árvore.
157. Desenho feito com pó metálico, lançado sobre a laca antes de esta secar.

para o futon. A velha fez com que eu me deitasse, outra vez gentilmente e sem que eu pudesse oferecer resistência. Rendi-me. A destreza da aia era de todo impressionante. Contudo, não deveria ser absolutamente impossível resistir a ela. O que paralisara minha capacidade de reagir fora com certeza meu desejo sexual.

Sem me preocupar com Seiha, chamei um riquixá e fui embora. Chegando na casa de meus pais em Kosuge, encontrei a porta fechada e o interior em silêncio. Ao bater à porta, mamãe logo saiu para atender.

— Chegou bem tarde, não é?
— Sim. Hoje me atrasei bastante.

No rosto dela havia uma expressão peculiar. Não me disse nada, entretanto. Eu jamais esqueci o rosto de mamãe naquela ocasião. Eu apenas disse boa-noite e entrei em meu quarto. Olhei o relógio e já eram três e meia. Joguei-me no futon assim como estava e dormi.

Na manhã seguinte, quando tomava o café da manhã, meu pai perguntou se esse tal de Miwazaki não levava por acaso uma vida desregrada; se não era desses que dizem que, se é para beber, só tem graça caso se beba até o dia raiar — e sugeriu que, se assim fosse, seria melhor não andar muito com ele. Minha mãe permaneceu calada. Eu disse que meu temperamento não combinava com o de Miwazaki, e portanto não tinha a intenção de me tornar seu amigo. Era o que eu pensava de fato.

Após voltar para o quarto de quatro tatames e meio, divaguei sobre o dia anterior. Aquilo era o que significava satisfazer o desejo sexual, então? A concretização da paixão não passaria daquele ato? Que bobagem, pensei. Não obstante, por surpresa não senti nada que chegasse a considerar como arrependimento. Não me acometeu nada que considerasse um peso na consciência. É claro que eu pensava ser mau ter ido a um lugar como aquele. Jamais pensaria em cruzar a porta de minha casa com o intuito de ir a um lugar assim. Considerei, no entanto, que não havia o que fazer se eu acabara naquele lugar por acaso. Para dar um exemplo, brigar com outra pessoa também é algo mau. Eu não sairia para a rua com ganas de brigar com alguém. Todavia, quando se sai de casa, é plausível que alguma vez seja preciso entrar em uma briga. Penso ser o mesmo caso. Ainda, certa insegurança ou sentimento similar se ocultava no fundo de meu espírito. Será que eu não desenvolveria agora uma doença terrível? — era o que eu me perguntava. Mesmo depois de terminada uma briga, às vezes ocorre de as dores das pancadas só aparecerem depois de alguns dias. Houvesse eu contraído uma doença da mulher, contudo, e seria muito pior que isso. Era possível que eu fosse trazer desgraça mesmo para meus descendentes, cheguei a cogitar. A princípio foram essas as alterações psicológicas que senti no dia posterior, e foram mais frouxas do que eu poderia esperar. Ademais, do mesmo modo como uma onda se propagando pelo ar torna-se cada vez mais débil à medida que aumenta a distância, minhas alterações psicológicas também, à medida que passou o tempo, foram se rarefazendo.

Em contrapartida, na mesma ocasião gerou-se uma mudança em minha vida sentimental que a cada dia passou a se tornar mais e mais nítida. Isso porque, até então, sempre que eu me via frente a uma mulher, por alguma razão me tornava hesitante, ruborizava por falta de brios ou sentia as palavras trancarem à garganta. Tudo isso sarou daquele dia em diante. Imagino que tal comparação já tenha sido usada por alguém em algum lugar, mas ocorre que enfim recebi meu *dub*[158] como cavaleiro.

Desde esse acontecimento, por algum período de tempo minha mãe pareceu me dedicar uma atenção que até então não tivera para comigo. Suponho que deveria ter imaginado a possibilidade de eu estar me quedando enfermo, conforme diriam as más línguas. Eram aflições de Ki.[159]

Caso eu não fosse escrever a verdade, gostaria de dizer que minhas visitas a Yoshiwara se resumiram àquela única vez. Todavia, para escrever sem mentir nem um pouco sequer, há algo mais que me vejo obrigado a incluir neste texto. Algo que ocorreu muito tempo depois. Eu casei-me uma vez, mas minha

---

158. *Dub*: em inglês, "armação (de cavaleiro)", "nomeação".
159. Transcrição japonesa do nome do estado de Qǐ, nação feudal que teria existido no território chinês do século XVI a.C. até cerca de 450 a.C. Diz-se que as pessoas de Qǐ acreditavam que o céu um dia poderia cair sobre suas cabeças, motivo pelo qual é associada, na China, com preocupações vãs.

esposa acabou falecendo; isto sobre o qual escreverei se passou depois dessa época, e antes de eu me casar novamente.[160] Num certo entardecer de outono, Koga veio a casa onde moro hoje para prestar uma visita. Na hora de ele regressar, decidiu-se que iríamos juntos até as proximidades de Ueno. Pois bem, ao sairmos pelo portão, encontramos um homem chamado Saigusa. Tratava-se de um parente de minha falecida mulher e, como Koga também era conhecido seu, convidou-o para que nos acompanhasse. Com isso, fomos os três jantar no Iyomon, na área de Aoishiyokocho.[161] Saigusa se orgulhava de ser um entendido na vida da ralé da sociedade, e disse que nos mostraria um lugar muito interessante em Yoshiwara. Disse que era porque eu agora era viúvo; estava demonstrando mais consideração que o necessário para comigo. Koga, rindo, disse que devíamos ir. Eu concordei sem ânimo nenhum.

Descemos dos riquixás no lado de fora do Grande Portão. Saigusa tomou a frente, parecendo caminhar a esmo. Não sei que rua era, mas dobrou para uma transversal estreita. À grade de toda casa ha-

---

160. O segundo casamento de Ogai foi em 1902, com Shigeko Araki, filha de juiz do Supremo Tribunal japonês à época. Como mencionado anteriormente, sua primeira esposa faleceu somente após o divórcio, de modo que Ogai não chegou a ser de fato seu viúvo.
161. Antiga área de Tóquio, ao leste da atual estação de Okachimachi. O Iyomon era um renomado restaurante tradicional japonês da época, que fechou as portas em 1932.

via uma mulher falando com algum homem na rua. Imagino ser o que chamavam de "gradezinhas".[162] Os homens em geral vestiam *hanten*.[163] Saigusa fitou um dos homens e disse: "Que belo sujeito." Era o tipo de homem que se poderia chamar de *galhardo*. O modelo ideal de homem para Saigusa parecia estar entre aqueles que trajavam *hanten*. "Me desculpem um pouquinho", mal tive tempo de o ouvir dizer. Ele largou o que carregava junto ao estreito cruzamento, foi até o local onde um senhor torrava feijões, comprou um saco de *hajikemame* e o guardou na manga do quimono. Em seguida voltamos a caminhar por um momento, mas ele logo voltou-se para Koga e para mim, disse "É aqui" e saltou para dentro de uma casa. Aparentava ser freguês do estabelecimento.

Passamos ao segundo andar. Saigusa, enquanto comia seus *hajikemame*, conversava com um homem tal como o da outra vez, desses que passam lestos pela portinhola de entrada. Após alguns instantes eu fui levado a um quarto tão apertado que quase se batia com o nariz na parede. Havia um lampião e uma caixa com utensílios para o fumo. Uma almofada chata como uma bolacha estava posta no chão. Como não havia nenhuma outra almofada mais confortável,

---

162. No original, *kogoshi*, casas de prostituição de nível mais inferior. Eram assim chamadas por ter grades baixas separando a entrada da casa dos quartos em si, em contraste com as casas mais renomadas, que tinham grades altas.
163. Capa de quimono semelhante ao *haori*, porém informal.

vi-me sem alternativa e sentei relaxado sobre a bolacha. Prendi fogo em um cigarro e pus-me a fumar. A porta corrediça dos fundos se abriu. Entrou uma mulher. Era uma *toshima*[164] de aparência simpática e pele descorada. A mulher falou entre risos:
— Você não vai deitar?
— Não tenho a intenção de dormir com você.
— Ora!
— Você não está pálida demais? Tem algum problema?
— É. Até dois, três dias atrás eu estava no hospital com pleurisia.
— É mesmo? Deve ser difícil atender os clientes assim.
— Não, pois saiba que eu já não sinto nada.
— Hum.
Encaramo-nos por algum tempo. Ela falou de novo entre risos:
— Você é engraçado.
— Por quê?
— Está aqui, assim.
— Quer tentar uma queda de braço, então?
— Ora, eu vou perder logo.
— Que nada. Eu não sou muito forte. E dizem que não se pode desdenhar o braço de uma mulher...

---

164. Indica uma mulher que "começa a passar da flor da idade", mas que ainda não é considerada uma *chudoshima*. À época, referia-se a moças que chegaram recentemente à idade adulta (com cerca de vinte anos de idade).

— Veja só, você sabe dizer coisas engraçadas.
— Bem, venha.

Cravamos os cotovelos sobre a almofada em forma de bolacha e seguramos a mão direita um do outro. A mulher não tinha a menor força. Por mais que eu lhe dissesse para se esforçar, de nada adiantava. Derrubei o seu braço sem despender energia nenhuma.

Koga e Saigusa me chamaram do outro lado da porta corrediça. Fui embora com os dois. Essa foi minha segunda visita a Yoshiwara. Foi também minha última visita a Yoshiwara. Incluí-a aqui porque calhou a ocasião.

* * *

Fiz vinte e um anos.

A viagem para o Ocidente enfim se concretizou. Não recebi nenhuma carta oficial, no entanto. A viagem deveria acontecer no verão, por conveniência da universidade.

Mamãe estava a todo tempo atônita com diversas propostas de casamento para mim.

Koga, dizendo que seria bom para meu futuro, quis apresentar-me a certo Mochizuki[165], o qual era

---

165. Personagem baseada em Keiroku Tsuzuki (1861-1923), diplomata graduado em Ciências Políticas e Econômicas pela Universidade de Tóquio, no mesmo ano em que Ogai concluíra aí o curso de Medicina. Ambos conheceram-se quando foram enviados para estudar na Alemanha. Após retornar ao Japão, Keiroku tornou-se secretário particular do Ministro do Exterior, com cuja filha se casou. Foi ele quem possibilitou a Ogai contato com a classe política japonesa.

conselheiro em algum ministério. Ele era genro de um figurão do governo.[166] Costumava se divertir em uma casa de encontros[167] em Shitaya chamada Daishige.[168] Para que travássemos boa amizade, era evidente que o melhor seria eu também ir ao mesmo estabelecimento. Passei a ir de vez em quando. Chamávamos quatro ou cinco gueixas, falávamos besteiras e íamos embora. Naqueles tempos os preços eram baratos: minha conta dava cerca de três ou quatro ienes. Posto que eu estava aceitando trabalhos de tradução da repartição onde Koga trabalhava, minha carteira andava recheada. Em traduções de legislação à época, por exemplo, se tirava cerca de três ienes por lauda. Uma quantia como cinquenta ienes eu tinha sempre comigo. Contudo, sempre que eu ia junto, Mochizuki apenas bebia saquê e depois ia embora. "Pode ser que ele esteja se contendo por sua causa. Vamos fazer ele não precisar mais se conter", foi o que disse Koga. Depois disso, certa noite Koga falou com a dona do lugar. Se na ocasião eu tampouco me opusera a Koga, imagino que fora devido a minha *Neugierde* por saber o que fariam as gueixas.

---

166. No original, *genro*, políticos que eram selecionados durante o período Meiji para auxiliarem o imperador na tomada de decisões importantes.
167. Casa de chá destinada sobretudo a encontros amorosos entre casais ou entre homens e gueixas.
168. Estabelecimento que de fato existiu onde hoje seria a área de Ueno, e que era vizinho ao restaurante Matsugen (vide nota 119).

Seria o final de janeiro? Era uma noite fria. A exemplo de sempre, nós três chamáramos algumas gueixas jovens e belas de Shitaya e estávamos conversando banalidades. Nisso entrou a dona do estabelecimento. Mochizuki produziu um tom de voz peculiar. Fê-lo adrede.

— Vovó.

— O quê? Veja só, seu rosto já está reluzindo, é de dar pena. Vamos limpar com água quente.

A senhora mandou a atendente ir torcer uma toalha e esfregar o rosto de Mochizuki. Seu rosto másculo e bem-feito agora estava limpo. Uma cara como a minha, mesmo que a lavassem com água quente, não iria parecer melhor, por isso a senhora nem se incomodou.

— Kanai. Venha aqui.

A dona do lugar se levantou. Eu a segui até o corredor. A atendente me aguardava, e guiou-me até um quarto separado. Ali estava uma gueixa como eu jamais havia visto. Aparentava ser de uma classe diferente daquelas que se pode chamar para beberem junto à mesa. É um tanto difícil escrever sobre isso. Foi nessa ocasião que aprendi que não eram apenas as esposas fiéis que podiam passar sem despir quimono e cinto.[169]

---

169. Gueixas da "classe" como essa que foi apresentada a Shizuka mantinham relações com clientes em quartos anexos, às pressas, sem sequer se despirem. A menção de "esposas fiéis" refere-se a uma expressão que afirma que a esposa fiel dedica-se tanto ao marido que, quando ele está doente, ao dormir ela nem sequer despe o quimono e seu desconfortável cinto.

Dessa vez posso escrever sem ganas de distorcer a verdade. Embora mesmo após esse dia eu ainda tenha ido outras vezes a casas de encontro, essa fora a primeira e última vez que vivenciei uma casa de encontro propriamente dita.

Pelo intervalo de alguns dias, as mesmas inquietações de antes se mantiveram no recôndito de minha consciência. Por felicidade, nada ocorreu.

Após o clima aquecer, certo dia fui com Koga ao teatro de Fukinukitei ouvir Encho.[170] Logo ao nosso lado apareceu um senhor gordo, de cerca de cinquenta anos, trazendo uma gueixa. Essa gueixa também era uma esposa fiel. Eu e o senhor nos entreolhamos como se pudéssemos ler um ao outro.

* * *

Em 7 de junho[171] do mesmo ano recebi uma carta oficial sobre a viagem para o Ocidente. Meu destino seria a Alemanha.

Passei a ter aulas na casa de um alemão. Meus estudos dos tempos de Ikizaka se mostraram muito úteis.

---

170. Encho San'yutei I (1839-1900), intérprete de *koshaku* e *rakugo* popular por sua narrativa sem afetação, e que é considerado um dos responsáveis pela popularização do uso do japonês oral na escrita. O Fukinukitei era um teatro de variedades situado na área de Ueno que funcionou até 1897.
171. Ogai recebeu oficialmente sua bolsa de estudos para a Alemanha também num 7 de junho, no ano de 1884.

Entrei a bordo do navio em Yokohama no dia 24 de agosto.[172] Acabei partindo sem contrair matrimônio.

* * *

Em uma noite qualquer, foi até aqui que Kanai escreveu. A casa toda dormia. Do lado de fora da persiana batia a chuva fina de início de verão. Em meio ao som frouxo e abafado dos pingos caindo sobre as plantas do jardim, fazia-se ouvir também o barulho da água a correr pela calha de zinco. O trânsito nas ruas da área de Nishikata[173] havia cessado, de modo que não mais se ouvia o gotejar sobre os guarda-chuvas, tampouco o reverberar dos tamancos nas calçadas encharcadas.

Kanai agora estava de braços cruzados a refletir.

A continuação dos registros que vinha escrevendo emergia sem trégua em seu coração. Lembrou-se da pequena cafeteria em Berlim, a qual encontrava após dobrar para o oeste a partir da Unter den Linden. Chamava-se Café Krebs.[174] Era um ponto de encontro para os estudantes japoneses, que o cha-

---

172. Essa também é a mesma data em que Ogai partiu de Yokohama rumo à Europa, em 1884, a bordo do navio francês *Menzaléh*.
173. Antigo nome de área de Tóquio dentro do bairro de Bunkyo.
174. "Café Caranguejo", estabelecimento que de fato existia na Neue Wilhelmstrasse. Em seu diário, Ogai ressalta a quantidade de mulheres bonitas que frequentava o lugar, em sua maioria prostitutas. O nome "Kaniya" significa "Café Caranguejo" em japonês.

mavam de Kaniya. Ele fora muitas vezes lá sem se aproximar das mulheres, até que certa noite a mais bonita das moças, que dizia que de modo nenhum se envolveria com um japonês, afirmou que gostaria muito de sair com Kanai. Ele não lhe deu ouvidos. A mulher se exaltou e jogou o copo de *mélange*[175] sobre o piso, estilhaçando-o. Em seguida recordou seu quarto alugado na Karlstrasse.[176] A sobrinha da dona da casa vinha todas as noites até seu quarto após trocar-se para um *négligé*, sentava-se à beira da cama onde Kanai dormia e conversava com ele por cerca de meia hora.[177] "Minha tia disse que, como ela me espera acordada, e eu venho aqui só para conversar um pouquinho, ela não se importa. Não tem problema, não é? Se você desgostar..." — o calor de sua pele se transmitia até ele através da coberta. Embora Kanai houvesse invocado algum artigo qualquer da legislação sobre locação de quartos para pagar três meses de aluguel juntos e fugir do lugar, continuavam sempre a lhe chegar cartas da moça dizendo que sonhava com ele todas as noites. Lembrou-se das casas com lanternas vermelhas presas às portas em

---

175. "Mistura", em francês. A intenção do autor era provavelmente utilizar a forma alemã *Melange*, usada para designar o café com leite.
176. Após mudar-se de Munique para Berlim, Ogai na verdade viveu inicialmente em um quarto alugado na Marienstrasse.
177. A moça aqui descrita parece se referir na verdade àquela que Ogai encontraria em seu segundo endereço em Berlim, na Klosterstrasse.

Leipzig.[178] Mulheres que ornavam com pó de ouro os cabelos de cores claras e vestiam roupas vermelhas que mal cobriam ombros e quadris agarravam os clientes um a um na rua. Kanai gritava para elas: "Eu sou tuberculoso, não chegue perto que você pode pegar!" Lembrou-se do hotel em Viena.[179] Houve uma atendente de restaurante que se irritou porque o alto oficial do governo com quem Kanai andou por um breve período lhe puxara a mão. Acometido de uma animosidade boba, um dia antes de partir Kanai asseverou: "Hoje, eu vou lá!" "É no fim daquele corredor à direita. Não pode entrar de sapatos", disse uma voz como que reagindo ao mero eco de sua exaltação. A mulher borrifou perfume de modo sufocante pelo quarto, aguardando o som das meias de Kanai a passarem pelo corredor. Lembrou-se do café em Munique.[180] Era um lugar onde sempre se encontrava um bando de japoneses. Entre seus fregueses havia uma beldade que sempre chegava acompanhada de um homem local, galante e com aparência de rufião. Todos os japoneses a veneravam. Certa noite,

---

178. Ogai estudou por cerca de um ano na Universidade de Leipzig a partir de 22 de outubro de 1884, dois dias após chegar à Alemanha.
179. Ogai esteve em Viena entre 28 de setembro e 8 de outubro de 1887 para um simpósio sobre saneamento, acompanhando Tadanori Ishiguro (1845-1941), o "alto oficial do governo" citado logo adiante, que também era médico do Exército e superior de Ogai.
180. Ogai estudou na Universidade de Munique por cerca de um ano a partir de março de 1886.

quando esse casal estava no café, Kanai levantou-se para ir ao banheiro. Alguém o seguiu a passos rápidos. De súbito, dois braços delgados se enroscaram em seu pescoço. Os lábios de Kanai experimentaram um beijo cálido. Em sua mão foi pressionado um cartão de visitas. Observando-a voltar o corpo para ir embora tal qual um redemoinho de vento, constatou que se tratava da deslumbrante mulher. No cartão contendo seu endereço estava escrito a lápis: ONZE E MEIA. Kanai teve vontade de despeitar seus compatriotas, os quais como covardes diziam que a mulher nunca se aproximaria de alguém inferior a ela. Compareceu portanto ao *rendez-vous*, até por aventura. A mulher tinha na pele do ventre as estrias de quem já havia estado grávida. Mais tarde veio a saber que a mulher havia feito aquilo para tirar do penhor as roupas com que usava nos bailes. Seus compatriotas também se espantaram. O que Kanai fizera também fora algo terrível. Contudo, ele nunca fora movido uma vez sequer de modo intenso pelo desejo sexual, a ponto de sentir-se forçado a tomar uma postura ofensiva. Mantivera-se sempre defendendo sua posição, e nunca fizera mais que algumas investidas ocasionais contra o inimigo, graças a sua ingênua *Neugierde* e a seu espírito de mau perdedor.

Quando Kanai primeiro tomara da pena, intencionava escrever até chegar a seu casamento. Foi no outono de seus vinte e cinco anos que ele havia voltado do Ocidente. A esposa com quem se casara logo após seu retorno morreu depois de dar à luz seu primogênito. Ele permaneceu por algum tempo sozinho, até que, aos trinta e dois anos, casou-se novamente com a mulher com quem hoje vive, que à época tinha dezessete. Portanto, ele havia pensado em escrever ao menos os eventos até seus vinte e cinco anos.

Pois bem, ao descansar a pena por um momento e refletir, ele passou a duvidar se haveria algum sentido em escrever sobre aquelas investidas desnecessárias que vez por outra se repetiram. O que Kanai escreveu não foi uma autobiografia no sentido usual da palavra. Nem por isso pensou em fazer de sua história a todo custo um romance. Ainda que isso pouco importasse, mesmo a Kanai não apraz tomar da pena para compor algo sem valor artístico. Ele não enxerga como arte apenas aquilo que Nietzsche definiria como dionisíaco. Reconhece também o que é apolíneo.[181] Entretanto, no amor distante do desejo sexual não há como haver paixão, e tampouco Kanai foi capaz de ignorar que algo sem paixão não é apropriado para qualquer sorte de relato pessoal.

---

181. O autor aqui emprega a grafia alemã para "Dionísio" e para "Apolo", em concordância com sua referência à obra *O nascimento da tragédia*, de Nietzsche. Na obra, o filósofo alemão define a dicotomia estética do dionisíaco e do apolíneo: em linhas gerais, o primeiro conceito representaria o caos e o sublime, enquanto o segundo a harmonia e a razão.

Kanai decidiu resoluto interromper o curso da pena. Quedou-se então a refletir, introspectivo. As pessoas da sociedade olham hoje em dia para ele e dizem que perdeu sua fleuma com a idade. Contudo, isso não é por causa da idade. Desde os tempos de jovem ele já conhecia bem demais a si mesmo, e foi esse seu intelecto que fez com que sua paixão fenecesse quando ainda apenas brotava. Enganado então por uma motivação estúpida, acabou recebendo um *dub* o qual poderia ter dispensado. Fora algo desnecessário. Antes não houvesse recebido o *dub* até se casar. Indo um passo mais adiante, caso fosse considerar deveras desnecessário haver recebido o *dub* antes de se casar, talvez também fosse melhor nunca haver se casado. Ele parece ser de qualquer modo um homem frio, diferente de todos os demais.

Conquanto Kanai houvesse pensado isso por um momento, de pronto mudou de ideia. Com efeito, haver recebido o *dub* fora desnecessário. Todavia, foi apenas na superfície que seu intelecto fizera sua paixão fenecer. Mesmo nas profundezas dos polos terrestres, cobertos pelo gelo eterno, queima uma chama intensa capaz de erigir vulcões. Michelangelo, nos tempos de sua juventude, brigara com um amigo e tivera o nariz esmagado, mas, ainda que houvesse perdido as esperanças quanto ao amor, foi após chegar aos sessenta anos que encontrou Vittoria Colonna e logrou uma paixão inusitada. Kanai não é um incapaz. Não é *impotent*.

As pessoas da sociedade criam o tigre do desejo sexual à solta e, por qualquer coisa, montam-lhe às costas e se lançam para o vale da ruína. Kanai mantém seu tigre domesticado. É como Batsudara entre os Rakan.[182] Ele mantém um tigre domesticado adormecido a seu lado. Os discípulos temem o tigre. Bhadra significa "sábio".[183] Seu tigre talvez seja um símbolo para o desejo sexual. Está apenas domesticado, mas sua temível ferocidade jamais arrefece.

Kanai repensou tudo dessa maneira, e experimentou ler seu texto de novo desde o princípio. Quando chegou até o final, a noite já havia caído profundamente, e a chuva em algum momento havia parado. As gotas que caíam da boca da calha por sobre a pedra do chão provocavam a intervalos longos um eco como se executassem um concerto de *kei*.[184]

Pois bem, assim que terminou de ler o livro, imaginou se de fato seria capaz de publicá-lo. Seria algo difícil. Afinal, há certas coisas que todas as pessoas fazem, mas que não são comentadas por ninguém. So-

---

182. Batsudara é a transcrição japonesa do nome de Bhadra (citado outra vez logo mais), um de dezesseis *arhat* (santos, ou, em japonês, *rakan*) reverenciados no budismo maaiana, os quais se excluíram do ciclo de renascimento para se manter por um longo período no mundo dos homens e espalhar os ensinamentos budistas. Algumas histórias sobre Bhadra mencionam que ele era acompanhado de um tigre domesticado.

183. Alusão à origem do nome em sânscrito.

184. Transcrição japonesa de *qìng*, antigo instrumento de percussão chinês semelhante ao xilofone, feito com plaquetas de pedra suspensas de uma armação, as quais eram tocadas com um pequeno martelo feito de chifre.

bretudo após ele mesmo haver passado a fazer parte de um sistema de educação governado por *prudery*, publicar o livro seria algo difícil. Bem, será que poderia então oferecê-lo de modo casual para que o lesse seu filho? É claro que, caso fizesse com que seu filho lesse, veria que não se tratava de nada impossível. Não há, porém, como saber de antemão os resultados que tal leitura proporcionaria no coração de um filho. O que aconteceria se um filho que lesse um texto assim se tornasse como seu pai? Seria felicidade ou infortúnio? Tampouco isso há como saber. "Não lhe obedeças, não lhe obedeças!", constam dos versos de Dehmel.[185] Não, nem sequer a seu filho lhe agradaria fazer ler o livro.

Kanai tomou da pena e, em latim, escreveu com letras garrafais —

VITA SEXUALIS

— em seguida jogando o volume com um baque para dentro de um pequeno baú.

---

185. Referência ao poema *Lied an meinen Sohn*, de Richard Dehmel (1863-1920), em que o poeta diz a seu filho que não obedeça ao pai quando este for velho.

ESTE LIVRO FOI COMPOSTO EM GENTIUM PLUS 12 POR 16,
E IMPRESSO SOBRE PAPEL OFF-SET 90 g/m² NAS OFICINAS
DA ASSAHI GRÁFICA, SÃO BERNARDO DO CAMPO - SP,
EM NOVEMBRO DE 2014